Orestéia II
Coéforas

Ésquilo

ORESTÉIA II

COÉFORAS

Estudo e tradução
Jaa Torrano

FAPESP   **ILUMINURAS**

Coleção Dionísias
Dirigida por Jaa Torrano

Copyright © 2004 da tradução e estudo
Jaa Torrano

Copyright © desta edição
Editora Iluminuras Ltda.

Capa
Fê
Estúdio A garatuja amarela
sobre *Apolo*, estátua de mármore,
século V a.c. Museu de Olímpia

Revisão
Jaa Torrano

Revisão, digitação bilíngüe
Ariadne Escobar Branco

Composição
Aristeu Escobar

CIP-BRASIL CATALOGAÇÃO NA FONTE
SINDICATO NACIONAL DOS EDITORES DE LIVROS, RJ

E81c
Ésquilo, 525-455 a.c.
  Coéforas
  / Ésquilo / estudo e tradução Jaa Torrano. – São Paulo : Iluminuras
FAPESP, 2004 , 2. reimp. 2013. – (Coleção Dionisias) (Orestéia : 2)

  · Apêndice
  Inclui bibliografia
  ISBN 85-7321-205-5

  1. Teatro grego (Literatura) .
I. Torrano, Jaa. II. Fundação de Amparo à Pesquisa do Estado de São Paulo.
III. Título. IV. Título: Orestéia. V. Série

04-2525   CDD 882
               CDU 821.14' 02-2

ILUMI⚡URAS
desde 1987

Rua Salvador Corrêa, 119 | Aclimação | São Paulo, SP | Brasil
04109-070 | Telefone: 55 11 3031-6161
iluminuras@iluminuras.com.br
www.iluminuras.com.br

SUMÁRIO

Agradecimentos 9
Créditos 11

HERÓI E HONRAS HERÓICAS ESTUDO DE *COÉFORAS*
Jaa Torrano

Problemas 15
Hipóteses 17
A Prece de Orestes 20
Justiça e Noite 23
As Palavras e as Libações 26
Os Indícios e o Reconhecimento 29
O Combate da Águia e da Serpente 32
O Pranto pelo Morto 35
O Sonho Fatídico 41
Justiça e Erínis 45
O Hóspede da Hora Tardia 50
A Prece a Zeus Pai 53
O Olho do Palácio 56
A Verdadeira Jovem de Zeus: Justiça 61
Entre Apolo e as Visíveis e Invisíveis Erínies 63
Sinopse do Estudo da Tragédia *Coéforas* de Ésquilo 67

ÉSQUILO – *COÉFORAS*. TRADUÇÃO

Nota Editorial 70
As Personagens do Drama 73
Prólogo 75
Párodo 77
Primeiro Episódio: Primeira Parte 81
Kommós 95
Primeiro Episódio: Conclusão 107
Primeiro Estásimo 115

Segundo Episódio 119
Segundo Estásimo 127
Terceiro Episódio 131
Terceiro Estásimo 137
Último Episódio 141

Apêndice:
Prólogo segundo texto estabelecido por M. L. West 149

Referências Bibliográficas 151

AGRADECIMENTOS

Ignoto Deo, *por ser ignoto.*
Ao CNPq, pela bolsa Pesquisa,
que resultou neste estudo e tradução.

Aos preclaros mestres, pela sábia ciência.
Aos claros colegas, pelo claro colégio.
Aos caros alunos, pela hábil paciência.

Aos meus pais, pela douta doçura.
À amada senhora, pelo amado amor.
Aos meus filhos, pelos seus porvires.

Ao meu único irmão, por toda a fratria.
Aos queridos amigos, pelo amável convívio.
À bela filósofa imagem de Palas
pela nossa bela amizade.

Mas os mais fulminantes desagradecimentos
ao energúmeno que recitava o "Poema em Linha Reta"
trocando a primeira pela segunda e terceira pessoas.

CRÉDITOS

Partes e condensações parciais deste trabalho foram anteriormente publicados sob forma de artigos em periódicos, a saber:

"O Sonho Fatídico. (Ésquilo, *Coéforas*, 526-539)". *Synthesis* n. 6, Universidad Nacional de La Plata, Argentina, 1999, pp. 29-33.
"O Hóspede Tardio (Ésquilo, *Coéforas*, 635-782)". *Cadernos de Literatura em Tradução* n. 3. São Paulo, Humanitas/ Universidade de São Paulo, 1999, pp. 77-84.
"Ésquilo, *Coéforas*: A Prece de Orestes." *Orion*. Revista de Poesia do Mundo de Língua Portuguesa. Ano II, n. 2. São Paulo, Saraiva, 1999, pp. 105-8.
"O Combate da Águia e da Serpente" (Ésquilo, *Coéforas*, vv. 246-314). *Cuadernos del Sur*. Letras 30. Departamento de Humanidades, Universidad Nacional del Sur, Bahía Blanca, Argentina, 2000.

A publicação desses artigos corresponde a momentos importantes, cruciais e decisivos, do processo de construção e redação deste trabalho.

HERÓI E HONRAS HERÓICAS ESTUDO DE *COÉFORAS*

Jaa Torrano

*Pede no porvir por ser feliz, e aos Deuses
declara portadoras de remate as tuas preces.*

(C. 212-13)

PROBLEMAS

A tragédia de Ésquilo intitulada *Coéforas*, cujo nome em grego significa "portadoras de libações funerárias", é a segunda peça da trilogia *Orestéia*, a única trilogia de tema encadeado que o período clássico nos legou completa. O título é tirado do coro de servas do palácio real de Argos que, na primeira parte do drama, celebra as "honras heróicas" (*heroikaì timaí*) no túmulo do rei Agamêmnon.

Nesta tragédia, deparamo-nos com alguns problemas, concernentes tanto a nomes e noções próprios do pensamento mítico e religioso grego quanto à estrutura mesma da tragédia como gênero literário. Resumamos esses problemas, agrupando-os em três constelações, já que põem em questão noções complexas que se reclamam e reciprocamente se determinam no interior de um sistema de referências próprio do pensamento mítico grego e das tragédias de Ésquilo.

1) No prólogo (vv. 1-21), a prece a Hermes Ctônio e ao rei morto se torna prece a Zeus, como no prólogo de *Eumênides* a prece a Deusa Terra se torna a Zeus. No *kommós* (vv. 315-478), as preces se fazem ao rei morto, às potestades ínferas e a Zeus, associadamente. Se a associação entre o morto e as Divindades ctônias parece espontânea, a entre esse grupo e Zeus põe em questão a relação entre três categorias distintas e geralmente contrapostas: a dos Deuses Olímpios e Ctônios, por um lado, e por outro, a dos Deuses Olímpios e a dos "heróis", no sentido religioso de mortos que se supõem ter poder sobre a região em que se encontra o seu túmulo e cujo favor se busca conciliar com oferendas funerárias chamadas "honras heróicas" (*heroikaì timaí*). Em suma, em que relação se encontram, nessa tragédia, Deuses Olímpios e Deuses Ctônios, Zeus e rei morto, consideradas as diversidades de suas regiões ontológicas?

2) No relato do oráculo de Apolo (vv. 269-96), Orestes diz que, se ele desobedecesse à ordem de Apolo, suscitaria contra si a

implacável perseguição pelas Erínies. A relação entre Apolo e as Erínies não se limita a aparente contraposição em que se mostram, mas parece tratar-se de uma colaboração mais íntima e profunda, o que supõe uma afinidade de natureza ou confinidade de domínio. Por que nexos vinculam-se Apolo e Erínies, o luminoso Deus Olímpio e as Divindades subterrâneas? Essa questão se impõe com tanto mais força pela ironia que consiste em que a obediência mesma de Orestes à ordem de Apolo suscita contra ele a mesma implacável perseguição pelas Erínies. Notadamente, a ironia é uma característica do Deus Apolo e também dos oráculos por ele revelados. Qual a natureza dessa ironia, nesta tragédia? Qual a natureza de Apolo, a das Erínies e a da relação entre ambos, nesta tragédia?

Claro está que, neste contexto, perguntar pela natureza de um Deus ou de uma relação divina é pedir que se defina essa noção mítica, circunscrevendo-a e situando-a no interior do sistema de referências em que e de que ela tem sentido, chamando-se "pensamento mítico" esse sistema de referências tomado como um todo.

3) A terceira constelação diz respeito ao coro, sua natureza e sua função. Se nesta tragédia o coro se caracteriza como escravas aprisionadas na guerra (vv. 75 ss.), por que se identifica com os valores aristocráticos e a missão apolínea de Orestes? Se são mulheres cativas, por que revelam uma ascendência não só sobre Electra, mas também sobre Orestes, na primeira parte do drama? Se o coro em geral representa os cidadãos e a eticidade própria da *pólis*, o que liga o coro desta tragédia aos horizontes e perspectivas da *pólis* ateniense do século V?

Este estudo busca uma visão de conjunto que veja, nesta tragédia de Ésquilo, tanto a consubstanciação da teoria geral, clarificada e enriquecida pela concretitude desta visão, quanto o esclarecimento destas questões aqui previamente colocadas como problemas.

HIPÓTESES

As constelações de problemas hermenêuticos postos pela leitura de *Coéforas* são similares (aparentemente) à dos problemas postos pela leitura de *Agamêmnon*.

Na primeira tragédia da trilogia *Orestéia*, ambas as modalidades de sacrifício, o oferecido aos Deuses Olímpios e o consagrado aos Deuses Ctônios, se pervertem em crimes hediondos que se apresentam como sacrifícios. Esse aparente nexo entre sacralidade e violência põe em questão a noção de Justiça: o que é Justiça, como e por que age Justiça? A dialética inerente à estrutura mesma da tragédia como gênero literário permite-nos ler o enredo da primeira tragédia da trilogia como a dialética entre diversos graus de conhecer, de ser e de verdade, correspondentes à hierarquia do divino, tradicional entre os gregos, e ao que convém aos cidadãos atenienses da época trágica. Na primeira tragédia, entrelaçam-se, confundem-se e distinguem-se quatro pontos de vista e quatro graus do ser, do conhecer e da verdade, a saber, os dos Deuses (*Theoí*), os dos Numes (*Daímones*), os dos heróis (héroes) e os dos homens cidadãos dessa *pólis*, representados pelo coro.

Chamemos, pois, dialética trágica a esta nossa primeira hipótese de trabalho. Ela supõe que a estrutura formal da tragédia é de modo a explicitar tanto as relações dos venerandos seres divinos (Deuses, Numes e heróis) entre si mesmos, em tempos míticos, quanto as relações entre os venerandos seres divinos em cada uma de suas instâncias e os mortais homens, dentro de horizontes políticos próprios de Atenas da época trágica.

Por conseguinte, mediante a dialética trágica, podemos ver como em cada tragédia da trilogia as relações dos Deuses imortais entre si e as relações entre os imortais e mortais prefiguram inauguralmente as relações que para a filosofia de Platão, se determinam como entre a forma do bem e as outras formas e entre as formas em geral e os sensíveis que delas participam.

Chamemos, pois, ontologia mítica (ou *theomythía*) a esta nossa segunda hipótese, pelo seu ínsito e implícito pressuposto de que o ser se pensa e se diz primeiro e inauguralmente com os nomes e as noções míticas de Deuses.

Tratando-se das noções míticas de Deuses, nossa terceira hipótese de trabalho necessariamente há de supor que se possam ver as imagens por seu lado direito delas (*i.e.* como imagens de idéias e não como imagens de imagens), sem que perca jamais a possibilidade de tomar a imagem por falsa ou verdadeira e ser vítima de equívoco.

A imagem é vista por seu lado direito, quando tomada por imagem de forma inteligível, e sendo assim, é verdadeira; ela é vista por seu lado esquerdo, quando tomada por imagem de outra imagem, e assim sendo, é falsa. A ironia surge da ambigüidade da imagem, e revela-se ao ser tanto mais exposto ao risco de equívoco quanto mais confiante em um dos dois lados da imagem.

Na segunda tragédia da trilogia, primeiro se pede a Hermes Ctônio, ao herói em seu túmulo e a Zeus os meios da vindicta como forma de Justiça. A ironia do oráculo de Apolo consiste em que o ato de Orestes, executado em cumprimento das palavras oraculares, não o liberta da ameaça intimidante de Erínies, mas uma vez executado o ato desde já o expõe à sanha de Erínies. A ironia reside em que, tendo-se cumprido o destino, tudo aparentemente se passa como se Orestes não tivesse cumprido o destino.

A similaridade entre os problemas suscitados pela leitura de *Agamêmnon* e o de *Coéforas* decorre de que em uma e outra tragédias se vêem as mesmas relações de implicação e de exclusão recíprocas entre as noções de Deuses Olímpios e Deuses Ctônios e entre Deuses imortais e homens mortais, sejam eles Zeus, Apolo, Ártemis, Noite, Erínies, Agamêmnon e Clitemnestra (na primeira tragédia da trilogia), ou Zeus, Hermes, Apolo, Noite, Erínies, Orestes e Clitemnestra (na segunda tragédia).

A leitura de cada uma das três tragédias e a solução de seus problemas hermenêuticos particulares dialeticamente se reportam à teoria geral de tragédia ínsita em nossas três hipóteses de trabalho. Constituindo-se este estudo, ao mesmo tempo, um dos suportes e uma das resultantes desta teoria, torna-se, pois, necessário um vai-e-vem constante entre o valor do segmento da tragédia em si mesmo e o valor que lhe confere sua posição no conjunto da trilogia *Orestéia*.

A PRECE DE ORESTES

Aceita a edição crítica utilizada como o texto provável e comprovável de Ésquilo, trabalhamos com estruturas gerais do pensamento e da linguagem de Ésquilo que nos permitem compreender o que isoladamente não seria mais do que uma passagem obscura ou corrompida, como, por exemplo, o prólogo da segunda tragédia da trilogia *Orestéia*.

No prólogo supérstite de *Coéforas*, pode-se ver a figura juvenil de Orestes diante da tumba de seu pai Agamêmnon, a fazer uma prece a Hermes Ctônio. A esse respeito estão de acordo os editores, pois os versos preservados nos manuscritos dão claros indícios da presença de Orestes junto ao túmulo de seu pai. Informações disponíveis, provindas de outras fontes antigas, permitem à perícia e ciência dos filólogos de hoje compor e recompor as palavras ditas por Orestes ante o túmulo do pai morto. A prece a Hermes Ctônio, a prece ao pai e oferenda de cabelos em sinal de luto, segundo todas as evidências, precedem a prece a Zeus em que se pedem a vindicta do pai morto e a aliança e anuência de Zeus.

O epíteto de Hermes, "ctônio", não deve nos chocar mais do que os epítetos de Zeus "subterrâneo" "salvador dos mortos" (*toû katà khthonós / Diòs necrôn sotêros*, cf. *Agamêmnon*, 1386-s.). Esses epítetos assinalam que os mesmos domínios e as mesmas funções que um Deus preside nos súperos, entre os Deuses, e sobre a terra negra, entre os mortais, ele preside também nos ínferos. O epíteto de Hermes, "ctônio", significa que os senhores e as sombras do não-ser também participam do domínio de Hermes e que lhes é possível essa comunicação. A imagem é de um reflexo do ser e de sua estrutura nas profundezas do não-ser e assim se constrói a possibilidade imaginária de um trânsito entre ser e não-ser como entre graus diversos de participação no ser e em sua presença. O grau de participação plena pertence aos Deuses Olímpios e ao lugar natural deles, os súperos. Diversas imagens descrevem os diversos graus de participação e de privação do ser e de sua presença.

Ao invocar Hermes Ctônio diante da tumba de seu pai, Orestes situa a tumba no âmbito de Hermes. Quando se trata de reconquistar e recuperar "pátrios poderes", o epíteto "vigia de pátrios poderes" (v. 2) esclarece com mais precisão o aspecto do âmbito de Hermes a que concerne o pedido, feito por Orestes nessa prece, de que o Deus lhe seja "salvador e aliado" (v. 2). "Salvador" no sentido da conservação íntegra dos pátrios poderes, "aliado" no sentido do auxílio na conquista desses pátrios poderes.

A vindicta se impõe como quinhão legado pelo pai. Como uma explicação ou justificativa de sua súplica a Hermes, Orestes se declara retornando à terra vindo do exílio em busca de vingar o pai, que pereceu sob violência de mão feminina, por latencioso dolo. A complexão de violência e dolo, latência e ilatência, anuncia-se na prece de Orestes como um sinal numinoso, traços distintivos do destino a que estavam fadados os do seu palácio. Violência e dolos, traços decisivos no destino de seu pai, devem ser para Orestes os meios de reconquistar os poderes pátrios.

A súplica a Hermes se torna prece ao pai morto, lamento fúnebre sobre a tumba do herói. Assim são mencionadas as mechas de cabelo, uma como tributo devido ao rio Ínaco, nume almo dos jovens, e outra como sinal de luto pelo pai. A perda do pai é tanto mais dolorosa pela solerte violência que privou o filho de despedir-se presente às exéquias.

Como no prólogo de *Agamêmnon*, a súplica se torna visão, avulta um destacado grupo de mulheres vestidas de negro. Aparentemente, Hermes Ctônio atendeu a prece, pois parecem portadoras de libações funerárias ao pai, delícias aos ínferos (*khoàs pheroúsais, nertérois meilígmata, C.* 15). O título *Coéforas*, dado à tragédia, ressalta a importância decisiva da celebração das honras heróicas e de suas celebrantes. Orestes crê reconhecer sua irmã Electra, destacada pelo pranto, nesse conspícuo grupo. Ante a visão que mostra ter sido atendida a prece a Hermes, Orestes invoca Zeus suplicando-lhe o maior dom: "punir a morte do pai: ter Zeus por aliado" (*C.* 18-19).

Anunciada a aproximação do coro e antes de completar a prece, Orestes interpela o companheiro, que permanecera calado,

Pílades, convidando-o a afastarem-se para espreitar a procissão de mulheres com mantos negros como a tempestade (*pháresin melagkhímois*, "mantos negriemais" *C.* 11). A enunciação do nome de Pílades completa a identificação de Orestes como personagem que diz o prólogo.

JUSTIÇA E NOITE

Como na primeira tragédia da trilogia *Orestéia* de Ésquilo, o párodo da segunda tragédia amplia e completa as informações contidas no seu prólogo e mostra que o início da ação é posto em movimento por potestades numinosas. O párodo da segunda põe em cena mulheres portadoras de libações funerárias em procissão para o túmulo do rei morto; o título *Coéforas* dado a este drama ressalta a importância decisiva deste traço característico do coro, o desempenho dessa função ritual: "portadoras de libações fúnebres".

A primeira estrofe descreve o comportamento ritual da procissão portadora de libações funerárias: o rápido bater de mãos, as faces escarificadas, as lamúrias, a laceração dos tecidos de linho em sinal de dor diante do infortúnio. Não se diz qual é o infortúnio (*xymphoraîs*, C. 31), pois está claro que o infortúnio são as circunstâncias de prantear o rei morto com oferendas de libações, por ordem do palácio, e o sentido dilacerante desse pranto.

A primeira antístrofe indica a presença numinosa cujos sinais abalaram o palácio. Editores suprimem a palavra *Phoîbos* no verso 33, tomando-a por uma glosa, *i.e.* por uma notação marginal que se incorporou ao texto. Nada se ganha, no entanto, em afastar a identificação de *oneirómantis*, "o Adivinho de sonho" (*C.* 33), com *Phoîbos*. Antes há de se levar em conta o vínculo entre *Phoîbos*, entendido como "o Adivinho de sonho", e a manifestação e interpretação, no palácio de Argos, desse sonho de Clitemnestra, correlato do retorno de Orestes à pátria em obediência ao oráculo de Delfos, pois essa simultaneidade mesma ressalta a origem numinosa do sonho, e essa origem se explicita com a qualificação dos "intérpretes deste sonho" (*kritaì tônd' oneiráton*, C. 38) como "garantidos por Deus" (*theóthen hypéggyoi*, C. 39). A interpretação de sonhos pertence ao âmbito de Phoîbos, no palácio de Argos ou algures. Um sonho tão claro e horripilante, que suscita o terror (*perì phóboi*, *C.* 35), concerne ao âmbito ontofânico de *Phoîbos*, o "Luminoso" Apolo.

Não se descreve neste primeiro momento o conteúdo do sonho, mas o movimento por ele suscitado: o grito de terror de Clitemnestra, alta noite, nos aposentos femininos, e a leitura do sonho feita pelos especialistas como a ira e o rancor dos ínferos contra os assassinos. Esse movimento se desdobra com expedição da ordem de que se façam as oferendas aos ínferos, para aplacá-los.

A segunda estrofe descreve a graça desejada, pela qual se há de formular a prece, como "tal graça não-graça, repelente de males" (*khárin akháriton, apótropon kakôn, C.* 44). Em situação difícil perante os ínferos, a rainha deseja a graça malífuga, quando não há tal graça para a rainha. O coro confessa o temor de dizer esta palavra: não há tal graça para a rainha, teme, mas não pode recuar ante as indagações e as razões: que resgate há do sangue caído? O coro, entretanto, não lamenta pela rainha, mas pranteia as trevas fúnebres que cobrem o palácio com o massacre do dono da casa.

A segunda antístrofe distingue dois modos de ser, definindo-lhes dois tempos: 1) antes, a participação em reverência (*sébas*), e a proximidade do divino: "invicto, indômito, imbatível"; 2) agora, o afastamento de reverência (sébas), o surgimento do temor e a boa sorte entendida como "Deus e mais que Deus" (*C.* 55-60). Quando a reverência à boa sorte excede a reverência aos Deuses e o divino se torna obscuro nesse excesso de reverência à boa sorte, intervém Justiça. Como Justiça se manifesta em meio desse excesso?

O vínculo de Justiça e Noite se descreve com a imagem da balança, delineada em seus pratos, pesos, movimento, e associada às imagens dos diversos momentos do dia. Como a invocação de "Zeus Rei e Noite amiga" no início do primeiro estásimo da primeira tragédia, esse vínculo de Justiça e Noite implica a unidade de ser e de não-ser e a unicidade da causa divina (*A.* 355). Dado esse vínculo de Justiça e Noite, é claro o sentido meontológico de Noite como uma forma divina do mundo, a hórrida forma da privação de ser. A forma da participação de cada um em Justiça, filha de Zeus, determina para cada um tanto a sua forma de participação em Zeus e, desse modo, a forma de ser segundo essa participação, quanto a sua forma de se ver privado disso, e assim deixar de ser, sobrevinda a noite, surpreendido pela morte. A terceira estrofe associa o sangue bebido pela terra nutriz, o cruor rígido que se diz vindicativo, a plangente Erronia e o remate de males. O coágulo espesso no chão assinala a presença da potestade numinosa que se revela no enceguecimento cheio de males e de prantos. A transgressão, que ensangüenta a terra, assinala a vigorosa presença de Erronia e o rigor obsessivo de suas reiterações dela.

A terceira antístrofe reafirma essa idéia de que a punição é inerente ao homicídio, com a sobreposição de dupla negação, de que haja remédio para a violação da virgindade, e de que haja purificação lustral para quem comete homicídio.

No epodo, o coro retoma a descrição de seu comportamento ritual na procissão das portadoras de libações funerárias, e revela a sua origem, a sua motivação e o seu sentimento mais íntimo. Elas um dia foram conduzidas do palácio paterno à sorte escrava, e agora, coagidas a aprovar a palavra dos senhores sem consideração de que sejam justas ou não, pranteiam às ocultas a morte de seus senhores e oculto luto as regela.

Não se esclarece se essas cativas vieram de Tróia, se entre os pranteados senhores mortos inclui-se Cassandra ao lado de Agamêmnon, nem se esclarece por que essas servas se regelam por sincero luto. Aparentemente, a solidariedade que une as cativas ao rei morto provém da proximidade do túmulo do rei, e não necessita de outro motivo além da presença do Nume que preside o quinhão do rei morto.

AS PALAVRAS E AS LIBAÇÕES

Anunciada por Orestes no prólogo, a entrada simultânea de Electra e do coro põe em cena e em contraste o primeiro canto coral (párodo) e o longo e concomitante silêncio de Electra. O coro em seu canto primeiro se apresentou a si mesmo, ao sentido cultual de seu gesto e a inserção dele na situação provocada no palácio por um sinal numinoso, o terrífico sonho da rainha; e meditou na unidade e unicidade do âmbito divino em que se mostram Justiça e Noite.

Em contraste com esse amplo quadro assim delineado, o silêncio de Electra prepara o sentido de sua primeira fala, a interpelação das mulheres do coro como conselheiras que podem esclarecê-la neste momento de difícil uso da palavra: "que falar ao verter as fúnebres libações?" (*C.* 86). As palavras costumeiras quando se fazem oferendas teriam nesse momento uma amarga ironia. Se dissesse trazer tais libações "da querida ao querido, da mulher ao marido", para pedir "igual retorno aos que enviam estas coroas, como sói dizer entre mortais", nesse caso, como eliminaria ou, pelo menos, evitaria que tais palavras soassem com insolente ironia? Seria equivalente afronta ainda se fizesse as libações calada, sem palavras, como foi morto o pai, e como quem despede imundícies.

O corifeu propõe uma terceira possibilidade, mais condizente com o respeito devido à tumba do pai entendida como altar: "verte e pronuncia o sagrado a propícios" (*C.* 109). A Electra esse conselho não pareceu ambíguo, mas incompleto, pois seu pedido de esclarecimento supõe que o conselho se refira aos que pertencem à sua casa (*tôn phílon, C.* 110), e que, portanto, seguindo esse conselho, deva pedir o bem dos que ligados à casa são favoráveis ao morto. A lista destes amigos, esclarece o corifeu, inclui primeiro quem faz a libação e também quem tem horror a

Egisto, a saber, Electra, as mulheres presentes e Orestes, ainda que ausente; a inclusão do nome de Orestes prenuncia a convergência de acontecimentos suscitada pela comunidade fraterna de um destino ancestral. Esse bem dos amigos da casa, há de trazê-lo um juiz, um portador de justiça, que por sua vez mate a quem matou. Por mais clara que seja a menção, não se nomeia ainda nem quem matou nem quem há de matar. Consoante o conselho dado pelo corifeu por solicitação de Electra, é reverente pedir aos Deuses que retribuam males a inimigos: uma reverência tribal, congruente com a administração tribal de justiça.

Seguindo as instruções do corifeu, a prece pronunciada por Electra reitera em alguns pontos essenciais a prece anterior de Orestes. Examinemos quais pontos essenciais são reiterados e quais se acrescentam. Reitera-se a invocação a Hermes Ctônio; o epíteto de Hermes "vigia dos pátrios poderes" (*C.* 1) transfere-se para os "subtérreos Numes", ditos "vigias do pátrio palácio" (*C.* 125-6); acrescenta-se a invocação à Deusa Terra; reiteram-se a prece ao pai morto e a súplica por vindicta.

A invocação e súplica ao pai morto, Electra a faz mediante a invocação e súplica a Hermes Ctônio, aos subtérreos Numes, vigias do pátrio palácio, Deuses, Terra e Justiça vitoriosa (Conjectura se que) Orestes a teria feito mediante a invocação e súplica a Hermes Ctônio, vigia dos pátrios poderes, e a Zeus. A cada uma dessas testemunhas divinas, cada um dos dois irmãos por sua vez descreve a sua própria situação decorrente da morte do pai e suplica por vindicta, o que significa não só a punição do homicídio ainda impune, mas também o retorno de Orestes e sua reintegração na posse dos pátrios poderes e palácio. A súplica de Electra pelo retorno de Orestes (*C.* 138-9), quando esse retorno já tinha ocorrido (*C.* 1-3), ressalta a convergência de acontecimentos suscitada pela participação comum a ambos os irmãos em ominosa e numinosa herança.

Essas palavras invocatórias e súplices acompanham o gesto de verter as libações fúnebres, o qual se prolonga enquanto o coro entoa um canto astrófico, que Electra chama de "o peã do morto"

27

e que descreve com uma concisa precisão a figura sensível e o sentido inteligível da cerimônia cultual (*C.* 152-5), e conclui com a reiteração da súplica por vindicta (*C.* 157-63).

OS INDÍCIOS E O RECONHECIMENTO

Feitas as preces e as libações, bebidas da terra, Electra comunica este novo achado de "madeixa cortada na tumba" (*C.* 164-8). Com este primeiro indício impõe-se a questão "de quem é?". Nessa questão, o coro se deixa conduzir pela intuição de Electra e dispõe-se a aprender dela, como "velha, junto à jovem" (*C.* 171). Dada a aparência e a semelhança, o coro lhe indaga se "isto seria oculta dádiva de Orestes" (*C.* 177), pois o nome se impõe por si mesmo, sem que se possa saber como e por quem a mecha foi depositada na tumba.

A constatação dessa impossibilidade de saber por meio da aparência e da semelhança traz a Electra e ao coro tal inquietação de ânimo, tal tumulto que assim se descreve: "em tais borrascas, como marujos, rodopiamos" (*C.* 202-3). O primeiro indício traz a seus intérpretes informações aparentemente seguras juntamente com terríveis incertezas.

Quando Electra anuncia "vestígios de pés, similares, e parecidos aos meus" (*C.* 205-6), este segundo indício, ao reforçar as sugestões do primeiro, é tão persuasivo e acende tal esperança, que Electra teme que ambos os indícios signifiquem "a dor e a perdição do espírito" (*C.* 211). No angustioso sufoco da impossibilidade de superar as incertezas da aparência é que Electra invoca, por si e pelo coro, os Deuses conhecedores, pois em tais tempestades marinhas estes é que podem lhes dar alguma certeza clara e serena.

O exame feito por Electra do segundo indício (quaisquer que sejam o entendimento e a explicação que se tenham de seus termos e de seus resultados), não lhe permite chegar a qualquer conclusão segura, mas antes exaspera suas incertezas.

A descoberta e exame dos indícios precedem e prenunciam a cena de reconhecimento entre os irmãos, mas essa anterioridade da descoberta e exame dos indícios não parece preparar nem favorecer o reconhecimento mesmo, que se dá por si mesmo, no encontro e diálogo dos irmãos.

Ao sair de seu esconderijo e mostrar-se, Orestes vincula e identifica o seu retorno e presença com a prece antes dirigida por Electra a Hermes Ctônio, aos subtérreos Numes e ao pai morto (*C*. 124 ss.), e ainda com a invocação por ela feita aos Deuses conhecedores, quando as aparências são perigosas como tempestades marinhas (*C*. 201-3), e diz-lhe:

> *Eúkhou tà loipá, toîs Theoîs telesphórous*
> *eukhàs epaggéllousa, tygkhánein kalôs.*
>
> Pede no porvir por ser feliz, e aos Deuses
> declara portadoras de remate as tuas preces (*C*. 212-3)

Na primeira saudação de Orestes ressoa e ecoa na continuidade do presente a contemporaneidade entre a prece e o acontecimento em que ela se cumpre. Que mais reconforta a duração do presente que a contemporaneidade entre a prece e o acontecimento em que essa prece se cumpre? Com o imperativo dado pela constatação dessa contemporaneidade, Orestes se dirige à irmã e a interpela, na pressuposição deste duplo reconhecimento por sua irmã: o reconhecimento da mirífica contemporaneidade entre sua súplica aos Deuses e o atendimento de sua súplica, e assim simultâneo o reconhecimento do irmão, em cujo retorno e presença a sua prece aos Deuses se cumpre.

Essa dupla pressuposição das primeiras palavras de Orestes à irmã se desdobra e se explica no ritmo replicante e entrecortado da *stikhomythía* entre ambos (*C*. 214-24) e no compasso condensado e contínuo do argumento seguido de Orestes (*C*. 225-34).

Na *stikhomythía*, as falas se reciprocam a cada verso, de modo a deixar mostrar-se entre os interlocutores a comum participação de ambos no conhecimento (*sýnoisthá moi / sýnoid'... s'...*, "sabes comigo"/"sei contigo", *C*. 216-7), e no acontecimento (*C*. 220-3).

Na continuada argumentação, Orestes primeiro
1) compara esta presente visão difícil de reconhecer (*C*. 225) com o anterior tumulto e crença no que se via (*C*. 227); depois
2) compara o valor que o primeiro indício tivera em sua ausência e o valor que o mesmo indício tinha com sua presença; e em seguida

3) faz o mesmo com o segundo indício; e por fim

4) expõe um ícone cujo valor íntimo e afetivo produz o impacto do completo reconhecimento (*C.* 231-2).

Encerradas essas quatro fases, o argumento demonstrativo da identidade comum de ambos os irmãos se torna irretorquível e assim a comunhão de destinos se faz manifesta aos dois (*C.* 233-4). Electra reconhece, na presença do irmão, o mais querido cuidado de seu palácio paterno, a pranteada esperança da semente salvadora, e a confiante reconquista do palácio. Ela descreve o afeto pelo irmão como se para ela esta visão de sua presença lhe valesse por quatro queridos destinos: a parte do pai, morto, a da mãe, o odiada, a da irmã, imolada no sacrifício a Ártemis, e a do irmão fiel, portador de reverência. Nessa reconhecida presença do irmão, delineia-se a devotada participação em Poder e Justiça, junto com Zeus (*C.* 235-45).

O COMBATE DA ÁGUIA E DA SERPENTE

O reconhecimento recíproco dos irmãos Electra e Orestes se dá como reconhecimento da comunidade de destinos configurada por essas circunstâncias da convergência de acontecimentos. A configuração numinosa se delineia nesse diálogo entre quem diz as preces e os acontecimentos assim como entre as diversas preces, o oráculo de Lóxias, o (herói) morto, os Deuses ínferos, e o sonho terrível da rainha. A seqüência das preces se entrelaça com o relato do oráculo dado por Lóxias a Orestes, com o *kommós* (pranto fúnebre cantado alternadamente pelo coro e pelos atores, *C.* 306 478), e com o relato do sonho terrível da rainha. Chamamos, aliás, dialética trágica à lógica desse diálogo entre as diversas instâncias do divino e a realidade humana circunscrita por horizontes políticos.

No *kommós*, o coro e os irmãos interpelam o morto, e na seqüência das estrofes e antístrofes reiteradamente lhe pedem a execução da vindicta. Dessa vindicta falam o oráculo de Lóxias e o sonho terrível da rainha. A relação de complementaridade entre o oráculo e o sonho é indicada pela simetria com que se contrapõem os relatos de ambos, e é ressaltada pela interpretação que Orestes faz do sonho. As preces, as palavras oraculares, as imagens oníricas e o curso dos acontecimentos aparentemente cooperam em recíproca explicitação. A manifestação da Justiça e de outras formas divinas parecem convergir na execução da vindicta e na reintegração em posse.

Essa comunidade fraterna de destinos tem uma imagem emblemática na luta destes inimigos mortais, a águia e a serpente. Na prece a Zeus que Orestes faz por si mesmo e por sua irmã (*C.* 246-63), ele num primeiro momento se identifica com os filhotes da águia órfãos do pai morto "nos enlaces e nas espirais de medonha víbora" (*C.* 248-9). Num segundo momento, ao interpretar o sonho terrível da rainha, Orestes se identifica com a serpente recém-nascida que fere o seio que a amamenta (*C.* 543-50).

Na prece a Zeus, a figura da águia aparece consagrada a Zeus, e a identificação dos irmãos com os filhotes da águia reflete não só a consagração do palácio paterno a Zeus, mas também a vinculação da perpetuidade da prole com a perenidade do culto prestado pela prole. Na interpretação do sonho, a identificação de Orestes com serpente recém-nascida reflete a devoção filial às honras heróicas do pai vindicante e a força cultual dessa devoção enquanto forma de participação em Zeus.

Na imagem emblemática da luta entre a águia e a serpente, esta ambivalência da identificação do herói vindicante ora com um ora com outro dos dois mortais inimigos configura a unidade enantiológica dos súperos e dos ínferos — a unidade de Justiça e Erínies.

Quando o corifeu pede aos filhos salvadores do lar paterno o silêncio que os proteja e que lhes permita executar a vindicta (*C.* 264-8), Orestes responde com sua confiança no "plenipotente oráculo de Lóxias" e com o relato das palavras oraculares e dos diversos interesses implícitos em sua própria atitude perante elas, confiante e obediente (*C.* 269-305).

Orestes, sem revelar as palavras mesmas do oráculo, diz como ele as entende claro e sem sombras de dúvida. *Loxías*, epíteto e antonomásia de Apolo, num primeiro sentido, é equivalente de *Phoîbos*, visto que ambas as palavras têm um sentido originário de "Lúcido", "Luminoso". *Phoîbos*, vocábulo ligado a *phós*, "luz", associou-se também a *phóbos*, "pavor", e essa associação ressalta o traço terrível que pode ter a revelação oracular ou a epifania divina. *Loxías*, com a mesma raiz que os vocábulos *leukós*, "brilhante", e *leússo*, "ver algo brilhante", associou-se a *loxós* "oblíquo", e essa associação ressalta o traço oblíquo, obscuro e equívoco do oráculo. No entanto, o entendimento do oráculo é terrivelmente claro para Orestes: o Deus exige dele que puna com igual morte os culpados da morte de seu pai, caso contrário os assaltos de Erínies o matam por deixá-los impunes.

Ao expor seu entendimento do oráculo, Orestes faz extensa e minuciosa descrição dos assaltos de Erínies, ficando claro que esses terríveis ataques de hediondo aspecto configuram severas formas de privação de Apolo.

Neste caso, a participação em Apolo significa afrontar o perigo, empenhar-se na ação e dar igual morte aos homicidas usurpadores do trono paterno, e assim obter a reintegração na posse dos haveres e no exercício dos poderes; a participação em Apolo implica, pois, a participação em Zeus. De acordo com esse entendimento que expõe do oráculo, a privação de Apolo, para Orestes, significa estar à mercê da cólera de potestades infernais, que destrói com lepra voraz e exige exclusão de todo contacto com os Deuses imortais e com os homens mortais. Nessa unidade enantiológica dos contrários, a participação em Apolo exclui as Erínies e a privação de Apolo inclui as Erínies. Assim podem descrever os desfavores do Deus as imagens dos assaltos soturnos das Erínies, e pode-se entender o cumprimento da exigência divina como o abrigo seguro contra os assaltos das Erínies.

Interesses diversos convergem no cumprimento da exigência divina: "muitos desejos se convertem num só" (*C. 299*). As ordens do Deus, a grande dor pelo pai, a opressão da miséria, e as razões do amor pelas honrarias (*scilicet* a filotimia) exigem a ação e definem a forma a ser dada à ação, na execução da vindicta (*C. 300-3*).

Tendo Orestes exposto o oráculo, o coro invoca as poderosas Partes, filhas de Zeus, que presidem a partilha da opulência e o quinhão dado aos Deuses imortais e aos homens mortais. Às poderosas Partes, o coro pede

> que o desfecho esteja aqui
> aonde o justo se transporta. (*C. 307-8*)

O coro explica o que entende por "justo" como uma equivalência entre crime e castigo tanto no plano da palavra quanto no plano da ação, o que se resume nesta velha palavra: "sofra o que fez" (*drásanta patheîn, C. 313*).

Conforme proclama a Justiça divina ao cobrar dívidas, as poderosas Deusas, filhas de Zeus, ao presidirem a partilha da opulência, dão a cada um receber o que fez. Isso é o que diz, para o coro, uma trivelha palavra (*C. 306-14*).

O PRANTO PELO MORTO

As preces de ambos os irmãos, Orestes e Electra, ante o túmulo paterno, deixam ver a unidade em que para eles se mostram os Deuses e o pai mesmo, mesmo morto. A este como àqueles, os irmãos suplicam por Justiça (*Díken*), que neste contexto significa vindicta e reintegração em posse do palácio.

A vindicta, como um dever e uma dívida a ser resgatada, vincula e une os irmãos órfãos, o pai morto e as mulheres coéforas. A vindicta reunifica as reflexões do coro a respeito da Justiça divina e dessa outra face sombria da Justiça divina que são as Erínies.

No *kommós* (*C.* 315-478), o pranto ritual tem por finalidade obter o amparo e auxílio do morto na consecução da vindicta. O coro, o irmão e a irmã alternam e entrelaçam os seus cantos de modo a concentrarem suas forças nesta ação, que se propõe, de executar a vindicta.

O coro, na figura do corifeu, confirma sua precedência, perante os irmãos, como se ele, por oficiar e dirigir a cerimônia do pranto fúnebre, cuidasse de assegurar tanto a eficácia da comunicação com o morto quanto a concentração dos esforços na causa comum.

Na primeira estrofe do *kommós* (*C.* 315-22), Orestes invoca o pai perguntando-lhe como trazê-lo de volta dentre os ínferos, e obtém uma primeira resposta na percepção da similitude entre a alternância da luz e das trevas e a equivalência dos opostos nomes *khárites* ("graças") e *góos* ("pranto") para designar esta ação que ele pratica ao prantear invocando e interpelando o pai morto. Em que consiste essa percebida similitude (*homoíos*, *C.* 319-20)?

A luz, domínio da vida e do convívio com os sempre vivos, manifesta-se como quinhão permutável com as trevas, domínio onde o ser se nega e predominam as formas de privação; e nessa permutabilidade própria da alternativa excludente (*antímoiron*, *C.* 319-20), unem-se e reúnem-se luz e trevas. Por outro lado, a cerimônia do pranto fúnebre chama-se *góos* ("pranto"), sob o ponto de vista dos vivos que pranteiam o morto, mas a mesma cerimônia chama-se *khárites* ("graças"), sob o ponto de vista do reconhecimento e gratidão que os vivos têm dos favores dos Numes ínferos e dos mortos. Na percepção dessa similitude se vislumbra a identidade dinâmica no interior da unidade em que se unem e reúnem os incompatíveis contrários: luz e trevas, graças e pranto. Na segunda estrofe do *kommós* (*C.* 323-31), o corifeu, com a precedência e proeminência de quem se dirige a um filho (*ó téknon, C.* 323), como se retomasse a pergunta feita e a resposta dada por Orestes, dá a razão por que confiar na eficácia do pranto ritual: a violência do fogo não subjuga a mente do morto, visto que depois a cólera se manifesta. Assim, o pranto por quem morre o faz ressurgir como quem fere: é dentro da justiça que o pranto pelos pais e pelos genitores busca punição.

Na primeira antístrofe do *kommós* (*C.* 332-44), a prece de Electra ao pai descreve os filhos, em pranto junto à tumba, "súplices e êxules, do mesmo modo", banidos do poder. O corifeu anuncia a possibilidade de reverter essa situação de miséria num momento de festa e celebração da vitória, "se Deus quiser" (*Theòs khréizon, C.* 340).

Na terceira estrofe do *kommós* (*C.* 345-53), Orestes formula o desejo de uma possibilidade havida no passado, a de que o pai tivesse morrido no sopé de Ílion e assim obtivesse um túmulo magnífico, glória sua e dos seus. Ainda que seja um desejo irrealizável, o corifeu combina a formulação desse devaneio com a descrição da glória efetiva do rei morto, cuja majestade agora realmente o faz "conspícuo sob o chão, venerando soberano" (*C.* 355-56).

Na terceira antístrofe do *kommós* (*C.* 363-79), Electra formula, como se fosse um desejo, o devaneio de que não o pai, mas sim os seus inimigos tivessem sucumbido distantes e não fossem mais que longínqua notícia e assim ela e o irmão tivessem ficado inexperientes dos males. A essa divagação, o corifeu a avalia com áspero sarcasmo ("melhor que ouro", *C.* 372), desfazendo-a com a referência ao estrépito de duplo açoite da realidade: os defensores estão nos ínferos e os hediondos inimigos destes órfãos, agora, estão no poder.

Na quarta estrofe do *kommós* (*C.* 380-5), Orestes resume o sentido dessa referência à realidade do poder com a invocação e súplica a Zeus, que envie dos ínferos a Erronia para punir os culpados da morte do pai; essa Erronia que destrói o senso de realidade e assim derruba os que estão no poder.

Na quinta estrofe do *kommós* (*C.* 386-92), o corifeu anuncia o desejo de hinear o alarido lancinante, festejando a morte de inimigos, homem e mulher, não ainda nomeados. Essa manifestação de enraivecido horror perante atos abomináveis justifica-se pela visibilidade própria do enraivecido horror, de modo que neste pranto sagrado não há por que ocultá-lo.

Na quarta antístrofe do *kommós* (*C.* 394-404), Electra invoca Terra e potestades ctônias e suplica-lhes que Zeus se manifeste a quebrar crânios; o corifeu alerta que o sangue vertido no chão pede outro sangue e que Erínis faz Erronia seguida de outra Erronia.

Na sexta estrofe do *kommós* (*C.* 405-9), Orestes invoca as poderosas Preces dos finados como testemunhas do porvir dos Atridas, uma vez banidos do poder, e invoca e interroga a Zeus, qual a saída dessa atual situação, por onde se poderia virá-la?

Na quinta antístrofe do *kommós* (*C.* 410-17), o corifeu distingue dois usos diversos da palavra e descreve o efeito (negativo) de um primeiro uso (comiserativo) como contrário ao efeito (positivo) de um segundo uso (exortativo), o que permite escolher um ou outro uso da palavra, segundo o efeito desejado. Com essa distinção dos dois usos, entende-se que se até agora o uso da palavra tornou difícil a esperança, é possível com um outro uso diverso da palavra obter-se um efeito oposto.

Na sexta antístrofe do *kommós* (*C.* 418-22), Electra circunscreve o conteúdo da palavra, qualquer que seja o uso, nas presentes circunstâncias, resumindo esse conteúdo como aflições sofridas, cujas lembranças despertam implacável ímpeto, "qual lobo cruel".

Na sétima estrofe do *kommós* (*C.* 423-8), o coro descreve, sob o aspecto sensível, o pranto ritual.

Na oitava estrofe do *kommós* (*C.* 429-33), Electra acusa a "inimiga atrevida mãe" da ousadia de "sepultar sem pranto o rei seu marido".

Na nona estrofe do *kommós* (*C.* 434-38), Orestes declara que a vindicta há de resgatar o valor do pai, graças aos Numes e aos braços dele, Orestes. Essa dupla atribuição da autoria da vindicta reconhece nessa forma de ação um caráter sagrado e necessário, que determina a execução. Na nona antístrofe do *kommós*, (*C.* 439-43), o corifeu declara que o sepultamento do morto foi precedido de mutilação. Não se esclarecem os procedimentos de mutilação, mas o seu propósito parece ser imobilizar o morto e impedi-lo de prestar auxílio a quem o invocasse e suplicasse. Por ser dirigida ao morto, a prece, invocatória e súplice, não só nega a eficácia desses procedimentos contra o morto, mas ainda os apresenta como ultrajantes e injuriosos, a clamarem por punição. Na sétima antístrofe do *kommós* (C. 444-50), Electra rememora a sua situação, desonrada e excluída, por ocasião da morte do pai, e nessa desonrosa exclusão o profuso pranto por ela vertido às ocultas. Na oitava antístrofe do *kommós* (*C.* 451-5), o corifeu assinala a conclusão de uma etapa no andamento do pranto, na qual a palavra descritiva das atuais circunstâncias dos irmãos órfãos perfaz já o percurso suficiente para uma avaliação de conjunto e a constatação de que a invocada cólera começa a manifestar-se na atitude de Orestes ("quanto ao mais, ele mesmo arde por saber", *tà d'autòs órga matheîn, C.* 454). O verbo *órga,* "arde", usado para descrever a atitude de Orestes, aponta na direção de *orgás,* "cólera", mencionada no início do *kommós,* pelo corifeu, como a razão por que confiar na eficácia do pranto ritual:

> a cólera depois se mostra,
> deplora-se quem morre,
> ressurge quem fere (*C.* 326-28).

Neste momento do pranto, este ardor por saber, em que primeiro se manifesta a força da cólera, assume também a brilhante perspectiva e a conspícua forma de ir à luta com inflexível furor:

> quanto ao mais, ele mesmo arde por saber,
> convém ir à luta com inflexível furor (*C.* 454-5).

Nas décimas estrofe e antístrofe do *kommós* (*C.* 456-65), Orestes, Electra e o corifeu entrelaçam as falas de modo a mostrar-se a unidade dessa comunidade de Deuses súperos e Numes ínferos, os vivos e o morto. A cólera do morto participa da cólera dos Deuses súperos e dos Numes ínferos, e assim a cólera numinosa começa a manifestar-se na coesão do grupo, na sua unidade de propósito e na coerência interna de sua interpretação dos acontecimentos.

Nas undécimas estrofe e antístrofe do *kommós* (*C.* 466-75), o corifeu declara que a cura das moléstias domésticas, elas decorrentes do golpe sangrento de Erronia, virá de Orestes mesmo; para essa cura, o remédio consistirá na drenagem da chaga por meio de cruel Rixa sangrenta.

Esse assim declarado e assim chamado hino aos Deuses subterrâneos reconhece a sangrenta *Rixa* (Éris) como cura dos males infligidos por erronia cruenta (*Áte*), e segue-o a súplica de que os beatíficos ctônios os ouçam e enviem-lhes amparo (*arogèn*) aos filhos, tendo-se em vista a vitória.

Concluída a cerimônia do pranto ritual descrita no *kommós*, Orestes e Electra prosseguem as preces feitas de invocação e de súplica.

Primeiro os irmãos invocam a pai morto, e suplicam-lhe o poder no palácio paterno; às palavras com que Orestes suplica por essa forma de poder, Electra acrescenta com sua súplica a descrição da forma tradicional de participação da mulher no poder doméstico (*C.* 479-88).

Em seguida Orestes invoca Terra e suplica-lhe que o pai vigie por ele durante a batalha (*C.* 489).

Por sua vez, Electra invoca Perséfone e suplica-lhe o formoso poder. Nessa súplica de Electra não há um esclarecimento explícito de por que e em que sentido o poder é formoso; o contexto, porém, nos permite supor que o poder é formoso por sua pureza, e que é puro, em sentido religioso, porque é integralmente uma dádiva de Perséfone. Por ser um dom da Deusa, esse poder participa da sacralidade na forma da liceidade; dom de Deus, é intrinsecamente lícito na medida que é irrecusável. O poder é "formoso", *eúmorphon*, por ser puro, lícito e manifesto por si mesmo (*C.* 490).

Orestes, ainda outra vez, invoca o pai morto e suplica-lhe que se lembre de como foi morto e desperte-se com a lembrança da oprobriosa morte e envie Justiça (filha de Zeus), como aliada, junto aos filhos. Desse modo, as preces de ambos os irmãos, ante o túmulo paterno, deixam ver a unidade em que para eles se mostram os Deuses e o pai mesmo, mesmo morto. A este como àqueles, os irmão suplicam por Justiça (*Díken*), que neste contexto significa vindicta e reintegração em posse do palácio.

A intervenção do corifeu, avaliando as prolongadas preces de ambos perante o túmulo, assinala o momento de uma transição entre a ação executada mediante a palavra e a palavra cuidadosa da ação. Quando o corifeu declara irrepreensíveis as palavras com que os irmãos prolongam a cerimônia do pranto ritual e propõe como alternativa a experiência do Nume na ação, a precedência com que o corifeu conduziu a cerimônia do pranto impõe à consideração de Orestes o exame das condições de execução da vindicta (*C*. 510-3).

O SONHO FATÍDICO

Na *stikhomythía* (*C.* 526-39) entre Orestes e o coro, constrói-se uma interpretação comum a ambos, Orestes e o coro, do sonho de Clitemnestra. Essa interpretação comum, construída com tanta destreza, na rápida seqüência em que alternam as vozes a cada verso, implica que se compartilhe da hermenêutica dos sinais numinosos. Mediante suas interrogações e as respostas do coro, Orestes constrói a interpretação do sonho de Clitemnestra ao mesmo tempo que logra persuadir o coro e a si mesmo da completa verdade de sua interpretação.

Essa hermenêutica dos sinais numinosos praticada por Orestes se desdobra com o movimento próprio da dialética trágica em que se confundem e se distinguem os diversos pontos de vista, a saber: o dos Deuses, o do destino, o do herói e o dos homens. O ponto de vista divino se manifesta no sonho mesmo entendido como manifestação do Deus Apolo, nessas circunstâncias *ad hoc* mencionado como o "Adivinho de sonhos" (*oneirómantis, C.* 33).

O ponto de vista do destino se manifesta na previsibilidade ominosa e terrífica do curso dos acontecimentos que implicam conturbado convívio de Deuses e de heróis.

Durante a conjuração dos irmãos órfãos e de seus aliados, o ponto de vista dos homens em seu horizonte político se manifesta na percepção do caráter extraordinário dessas circunstâncias nas quais os critérios habituais ficam comprometidos.

O que leva a rainha a fazer, anos após o homicídio, oferendas fúnebres a quem ela matou? Orestes ressalta a desproporção entre as dádivas (*dôra*) e o delito (*hamartías, C.* 519).

A razão de a rainha agir assim é um sonho terrível que, tal o pavor, a despertou, à rainha e aos servos do palácio, no meio da noite. No párodo (*C.* 39), esse sonho é mencionado, não como um sonho, mas como uma terrível irrupção epifânica do Adivinho de sonho, que dá pavor à rainha e garantias aos intérpretes do sonho, cujo sentido geral estes assim anunciam:

(...) os ínferos irados repreendem
os que mataram e lhes têm rancor. (*C.* 40-41)

Com as oferendas fúnebres, a rainha quer aplacar, se puder, a insatisfação e o rancor dos ínferos. Com o sonho terrível, o Adivinho de sonhos revelara à rainha a sombria ameaça armada contra ela.

Feitas as honras do túmulo paterno, é chegado para Orestes o momento de perguntar pelas razões do comportamento paradoxal da rainha e assim pelo conteúdo do sonho. Relata-o com rápida concisão a *stikhomythía* em que Orestes pergunta e o corifeu responde, até a constatação, feita por Orestes, de que a visão do sonho é verdadeira:

Soubeste do sonho de modo a contá-lo exato?
Pareceu-lhe parir serpente, ela mesma fala.
E aonde vai terminar e concluir a fala?
Atou com faixas como a uma criança.
E que nutria o recém-nado monstro?
Ela mesma lhe deu o seio no sonho.
E como ficou ileso o úbere sob o horror?
Sorveram-se com leite coágulos de sangue.
Esta visão não lhe poderia vir em vão. (*C.* 526-34)

No imaginário grego, a figura da serpente tem um sentido ctônio; assim o morto, em sua condição de herói, quando invocado ou interpelado, comumente se manifesta sob a forma de serpente. (A esse respeito, ao descrever "the hero as snake", Jane Ellen Harrison, em seus *Prolegomena to the study of greek religion*, dá alguns importantes elementos da documentação histórica e arqueológica).

Dentro da previsível interpretação aberta por esse imaginário, a visão do sonho é uma veemente manifestação da insatisfação e rancor dos que estão sob a terra, contra os que mataram.

"Os que estão sob a terra" (a saber, os Deuses e Numes ínferos e o morto) manifestam sua disposição, para com os que mataram, na figura da serpente recém-nascida que sangra o úbere de sua nutriz, a rainha.

O esperado, pois, é entender que a serpente que se mostra no sonho da rainha seja o rei morto e/ou os Deuses e Numes ínferos.

A interpretação do sonho proposta por Orestes adquire um caráter pragmático, quando, ao explicar o sonho, identifica a figura da serpente recém-nascida envolta em faixas não com "os que estão sob a terra", mas com Orestes.

Essa identificação da serpente com Orestes supõe que em Orestes se manifesta o rancor do morto e dos Deuses e Numes ínferos.

Esse entendimento faz da figura ctônica da serpente descrita nesse relato do sonho um sinal numinoso: um sinal com que Deuses e Numes ínferos e o morto, ainda há pouco invocados e interpelados, respondem positivamente ao pedido formulado nas preces, o pedido de amparo e auxílio na execução da vindicta.

O sinal numinoso, que se configura para Orestes nesse relato do sonho, fortalece-o, tanto em sua determinação de agir, quanto junto aos que se associam à sua proeza. Por esse sinal numinoso e pela interpretação que Orestes fez dele, o corifeu declara-o *teraskópon*, "perito em prodígio" (*C.* 551) no que se refere a essa revelação do "Adivinho de sonhos" (*oneirómantis, C.* 33). Com o reconhecimento dessa competência de "perito em prodígio", o corifeu pede a Orestes que explique (*exegoû, C.* 552), aos amigos associados à sua proeza, as diversas formas de cada um participar da ação:

> que hão de fazer estes e não aqueles?
> *toùs mén ti poieîn, toùs dè mé ti drãn légon* (*C.* 553).

A palavra oracular de Apolo, que Orestes traz consigo, proclama uma sentença de morte contra "os matadores do honrado" (e também uma outra sentença de morte, contra Orestes, caso negligencie o cuidado da palavra oracular, *C.* 269-305).

A formulação da sentença de morte contra "os matadores do honrado" surpreende pela exigência de dolo na execução da vindicta. Essa surpresa está expressa no aposto com que Orestes explica quem é esse Lóxias que dá a sentença de morte mediante dolo:

> com dolo sejam pegos e no mesmo laço
> morram como também proclamou Lóxias,
> rei Apolo, adivinho sem mentira antes (*C.* 557-59)

O dolo (*dóloi*) é uma forma de mentira (*Pseudéa*, "Mentiras", e *Apáte*, "Engano", filhos da Noite, pertencem ao mesmo catálogo, na *Teogonia* de Hesíodo); e se essa sentença é de Lóxias, "rei Apolo", deste se pode dizer "adivinho sem mentira antes" (*mántis apseudés tò prín. C.* 559).

O planejamento da ação, proposto por Orestes, é por sua vez uma interpretação pragmática da palavra oracular de Apolo, que a compreende de modo a viabilizar os meios próprios e adequados à ação proposta. O plano, concebido com essa hermenêutica pragmática consiste em apresentarem-se Orestes e Pílades no palácio sob o disfarce de viajantes fócios, hóspedes e aliados tradicionais do palácio; quanto a Electra, manter-se alerta no palácio, a velar por que se dê o que se articulou; quanto às coéforas, "conservar a língua propícia, calar onde se deve e dizer o oportuno" (*C.* 580-1); quanto ao herói, entre os ínferos, "que venha e vigie".

As possibilidades de êxito feliz na consumação do plano desde já se devem à interpretação correta do sinal numinoso e da palavra oracular apolínea. A reconhecida competência de "perito em prodígio" por si mesma desde já dá a Orestes o crédito da afinidade com o Deus e participação nele.

JUSTIÇA E ERÍNIS

Exposto o plano de ação, os que o ouviram se dirigiram aos cuidados do que lhes foi consignado. Orestes e Pílades foram para o palácio, impelidos pela palavra oracular e fortalecidos pelo sinal numinoso. Electra também foi para o palácio, a cuidar de estar alerta. O coro permanece, na orquestra, no exercício de conservar a língua propícia, calar o que se deve e dizer o oportuno. Nesse exercício, o coro celebra o advento de Justiça (filha de Zeus), cuja face sombria se diz Erínis (filha da Noite), e cujo terrível prenúncio é a enormidade do crime.

A celebração do advento de Justiça principia com o reconhecimento de que a Deusa Terra é nutriz de "muitas terríveis dores de terrores" (*pollà ... deinà deimáton ákhe, C.* 585-6).

Os terrores nutridos pela Deusa Terra se manifestam como monstros marinhos, maléficos meteoros e coléricas tempestades. Da furiosa força desses terrores poderiam falar os pássaros e os transeuntes, sujeitos que estão a se depararem com ela.

Quem, no entanto, poderia falar dos terrores que se manifestam no soberbo pensamento do homem e nos ousados amores de mulheres atrevidas? (*C.* 594-7)

A enumeração dos terrores nutridos pela Deusa Terra atinge a sua culminância no lado sombrio do amor que se diz "sem amor" (*apérotos eros, C.* 600). Esse "amor sem amor", cujo poder se exerce na esfera do feminino (*thelykratès, id. ib.*), avassala e devasta feras e homens. O lado sombrio e negativo de amor (*éros*) tem um poder tão abrangente e universal que o faz superar a todos os que o precederam nessa enumeração.

"Amor sem amor", enquanto uma quarta modalidade dos terrores nutridos pela Deusa Terra, tem ele próprio as suas funestas manifestações, que se exemplificam com três itens tomados do que há nas palavras (*en lógois, C.* 613), sendo a menção das circunstâncias presentes no palácio inserta entre o segundo e o terceiro desses três itens.

1) A atrevida filha de Téstio teve o industrioso intento e levou-o a termo: atirar ao fogo o rubro tição e assim fazer extinguir tanto o tição mesmo quanto a vida de seu próprio filho, vida que estava ligada à subsistência do tição. Homicídio, cometido contra o filho, por meios mágicos. O imaginário mágico dá leveza de fantasia à crueldade sangüinária dos terrores nutridos pela Deusa Terra.

2) Outra horrenda sangüinária moça, subornada por um colar de ouro, dádiva de inimigos, destruiu também um dos seus, destruiu o próprio pai. Enquanto ele dormia, cortou-lhe o cabelo imortal, de cuja integridade dependia o poder (ou a vida?) do pai. Traição (homicídio?), cometida contra o pai, por meios mágicos. O imaginário mágico mitiga a crueza do assunto tratado pelo coro.

3) As dores sem doçura causadas pelos terrores nutridos da Deusa Terra pertencem às lembranças de quem canta os cantos corais configuradas nas circunstâncias presentes do palácio:

> (...) inamistoso casamento
> abominável ao palácio
> e astúcias tramadas por mulher
> contra homem armado de escudo,
> contra homem irado temido por inimigos, (*C*. 624-28).

Há algo de inoportuno (*akaíros dé, C*. 624) nessas lembranças de quem canta, e sua inoportunidade, para quem tem por ofício e por missão conservar a língua propícia, consiste em serem lembranças do que são as circunstâncias presentes do palácio e no entanto serem lembradas dentro do quadro mais amplo destas reflexões sobre os terrores nutridos da Deusa Terra, prenúncios do advento de Justiça e Erínis.

De um ponto de vista cingido por horizontes políticos, este que fala no canto coral declara com toda clareza a sua escala de valores:

> honro a lareira não cálida no palácio
> e na mulher a não bélica lança.

> *tío d'athérmaton hestían dómon*
> *gynaikeían t' átolmon aikhmán* (*C*. 629-30).

A ambigüidade inerente à clareza dessas palavras fez os estudiosos de Ésquilo entenderem-na em dois sentidos: ora como expressão de um desabafo por uma forçada resignação, ora como expressão sentenciosa de um juízo moral. No primeiro entendimento, o coro de cativas, forçado pelas circunstâncias, declara servir a uma casa sem calor nem amizade sincera, e nessa casa, a um senhor que só conquistou o poder por mãos femininas sujas de sangue. No segundo entendimento, o coro, composto de fato por um colégio de cidadãos, reconhece o valor de não conturbar a casa com excessos de luxúria ("lareira não cálida") nem com a audácia homicida de mulher ("não bélica lança").

A inoportunidade daquelas lembranças repercute nessas palavras como constrangedora ambigüidade (constrangedora, para o coro, na atualidade do drama; constrangedora, aliás, para os comentadores, na posteridade da tragédia).

4) Como a escapar à inoportunidade das lembranças dessas circunstâncias presentes do palácio, o coro recorre desta vez ao mais importante dos itens tomados ao que há nas palavras: as "paixões lêmnias" (*lemnioisi pémasi, C.* 634).

Lê-se, em Heródoto VI, 138, que "decidiram os pelasgos matar as crianças nascidas das mulheres atenienses, assim fizeram, e exterminaram também as mães. Por esse crime, e por outro anterior a esse, cometido pelas mulheres que mataram seus maridos no tempo de Toante, costuma-se na Grécia dizer 'lêmnios' todos os crimes cruéis".

A menção às "paixões lêmnias" refere-se a homicídio múltiplo, ou por outra, a dois genocídios, um cometido por mulheres contra maridos e outro cometido por homens contra os seus filhos e as mães de seus filhos.

Desta vez sem nenhuma tentativa de mitigar a dureza da expressão e sem se deter em explicar o que é proverbialmente conhecido como a imagem do terror, o coro se limita a assinalar as conseqüências terríveis dessas "paixões", sob o ponto de vista dos Deuses e dos homens mortais:

> Pelo horror hediondo aos Deuses
> pereceu a prole sem honra entre os mortais:
> ninguém venera o inamistoso aos Deuses. (*C.* 635-7)

Pela experiência observada nesses três itens tomados ao que há nas palavras, e reunidos sem nenhuma injustiça na elaboração dessa listagem, pode-se dizer como age a Justiça, quando há transgressão ilícita à veneração de Zeus.

À descrição, feita na quarta estrofe, de como age Justiça, filha de Zeus, corresponde a descrição, feita na quarta antístrofe, de como age a ínclita e profunda Erínis.

Na quarta estrofe, a imagem da presença de Justiça (*diaì Díkas*, *C.* 641) assim se faz:

> eis um punhal perto dos pulmões
> pontiagudo vai perfurar o flanco. (*C.* 639-40)

Justiça se apresenta de semelhante modo

> (...) quando contra a lei
> com os pés a pisam no chão,
> a transgredirem contra a lei
> toda a veneração de Zeus. (*C.* 641-5)

Os três itens tomados ao que há nas palavras e as inoportunas lembranças das circunstâncias presentes do palácio, configuram o que diz a imagem dos que pisoteiam Justiça, ao arrepio de toda liceidade. Quem assim age, permanece infenso a todo sentido da majestade de Zeus.

Na quarta antístrofe, a imagem do fundamento da Justiça (*Díkas... pythmén, C.* 646) se associa à de "Parte forja-faca" (*Aîsa phasganourgós, C.* 647). A tradução de *Aîsa* por "Parte" busca dar conta dessa equivalência que há no pensamento mítico grego entre as noções de *Aîsa* e de *Moîra*, que também se traduz por "Parte". Aceita essa equivalência entre *Aîsa* e *Moîra*, pode-se observar a associação entre Justiça (*Díke*) e Parte (*Moîra*) na *Teogonia* de Hesíodo que as insere a ambas no catálogo dos filhos de Zeus e Têmis.

> Zeus desposa Têmis luzente que gerou as Horas
> Eqüidade, Justiça e a Paz viçosa
> que cuidam dos campos dos perecíveis mortais,
> e as Partes a quem mais deu honra o sábio Zeus,
> Fiandeira, Distributriz e Inflexível que atribuem
> aos homens mortais os haveres de bem e de mal. (*T.* 901-6)

Na *Teogonia*, Justiça é uma das três Horas (ou "Estações", "Sazões"), filhas de Zeus e Têmis (ou "Lei", "Liceidade"), e irmãs das três Partes (ou "Porções", "Frações"). Importa notar que as Partes na *Teogonia* têm dupla inserção genealógica: nascidas das núpcias de Zeus e Têmis (*id. ib.*) e nascidas por cissiparidade da Deusa Noite trevosa (*T.* 217). O sentido enantiológico dessa dupla inserção genealógica das Deusas Partes refulge também na associação, que se faz nessa quarta antístrofe, entre Justiça e Parte, e assim prepara a nomeação conclusiva de "ínclita e profunda Erínis" (*C.* 651).

Na terceira tragédia da trilogia, as Erínies se apresentam como filhas da Noite (*E., passim*) Nesse último verso da quarta antístrofe (*C.* 651), a nomeação de Erínis, quando seria esperado o nome de Justiça, ressalta a identidade dos contrários Zeus e Noite como a unidade e identidade de ser e de não-ser.

Essa terrível identidade se revela no processo inexorável por que o próprio crime com o tempo engendra a crueldade que o pune:

> No palácio ela leva o filho
> dos cruores mais antigos
> a punir o crime em tempo,
> a ínclita e profunda Erínis. (*C.* 648-51)

O HÓSPEDE DA HORA TARDIA

Na segunda tragédia da trilogia *Orestéia*, o segundo episódio (*C.* 653-782) se compõe de duas cenas separadas pela prece à Persuasão dolosa e dominadas ambas pela presença da Deusa invocada na prece.

Na primeira cena, Orestes, recebido no palácio real de Argos por um servo, apresenta-se à rainha Clitemnestra, ocultando-se sob falsa identidade, como um hóspede dauliense que vem da Fócida com a notícia da morte de Orestes e o pedido de instruções sobre os funerais. A notícia falsa do falso mensageiro cria a aparente e falsa circunstância de que para Clitemnestra se dá dupla perda: a do filho por ela gerado e a da ameaça pesada que sobre ela impende. O discurso de Clitemnestra (*C.* 691-718) a respeito da convincente e falsa notícia da morte de Orestes fala do ponto de vista do palácio de Argos, que se declara atingido por invencível imprecação ("Ó Praga inelutável deste palácio" *C.* 692). Nesse sentido, o discurso parece sincero e é convincente de sua verdade, porque Clitemnestra não fala de si nem como mãe nem como sob tácita ameaça, mas fala pelo palácio.

A imprecação (*Ará, C.*692), invocada no discurso da rainha, remete à praga de Tieste contra Atreu, quando do banquete em que este lhe deu de comer carne dos filhos (*A.* 1590 ss.); Orestes, abrigado pela hospitalidade de Estrófio na Fócida, parecia salvo pela prudência, mas a notícia diz que não escapou ao golpe da imprecação. A esperança de que se curasse a maligna loucura (*bakkheías kakês, C.* 698) revelou-se traiçoeira: a noticiada morte de Orestes se apresenta como um acontecimento numinoso em que se cumpre a imprecação; essa notícia é falsa, mas é ironicamente verdadeira a conclusão, tirada dessa notícia pela rainha, de que a maligna loucura do palácio de Argos ainda não se curou. A "baquéia" que infesta o palácio é maligna, porque termina em morte, e ainda não está curada, porque sua irrupção ainda uma vez é manifesta no palácio. Nesse sentido, o discurso da rainha é verdadeiro, não no que diz respeito aos interesses imediatos da rainha, mas no que concerne aos acontecimentos por virem no palácio de Argos. A ironia consiste em que a rainha aparentemente está longe de perceber em que sentido suas palavras são verdadeiras, mas está convicta de que sejam verdadeiras, persuadida com falsa notícia dada por falso mensageiro.

A primeira cena se completa com as palavras de Orestes (*C.* 700-6) e de Clitemnestra (*C.* 707-18) a respeito das circunstâncias em que para o hóspede deste palácio se dá

> ser conhecido e hospedado. O que é
> mais grato aos hóspedes que o hóspede? (*C.* 702 s.)

O coro intervém quando Clitemnestra se dispôs a comunicar essas circunstâncias aos que têm o poder no palácio e deliberar acerca delas (*têsde symphorãs péri. C.* 718).

Nesse momento em que a comunicação e a deliberação dos que têm o poder ainda estão por vir, a intervenção do coro se dá pela invocação da Senhora Terra e da Senhora Orla do túmulo do herói cujas honras o coro celebrava e presidia a celebração. O coro, portanto, intervém na ação por seu caráter de oficiante das honras heróicas e por suas preces aos ínferos. Trata-se, pois, de uma dignidade conferida pelos procedimentos cultuais, a qual dá às vozes do coro o poder de intervirem na ação.

> agora é hora de Persuasão dolosa
> vir à liça e de sob a terra Hermes
> noturno pôr-se a caminho
> dos combates com facas letais. (*C.* 726-9)

Na hora tardia, quando "o carro da Noite se apressa tenebroso" (*C.* 660-1), mencionada por Orestes ao ser atendido pelo servo junto à porta do pátio, o tardio da hora se revela pela presença das Divindades noturnas, Persuasão dolosa e Hermes noturno que vêm de sob o chão trazendo consigo os meios de satisfazer-se a cólera dos ínferos.

A essa prece aos Deuses noturnos, pontuada pela urgência da hora de comparecer ao combate, segue-se o anúncio de Cilissa, antiga ama de Orestes. Sua aparente tristeza constitui para o coro um indício visível de como o hóspede age, e o coro lhe pergunta aonde vai (*C.* 730-3).

A resposta da ama à pergunta aonde vai abrange a descrição de seu estado de ânimo em contraste com a aparente atitude de Clitemnestra. A ama vai a Egisto com a mensagem da rainha de que venha o mais rápido e interrogue os hóspedes portadores da momentosa notícia. Vista pela ama, a rainha parece fingir perante servidores turvo luto pela notícia que antes lhe daria júbilo. Em contraste com o riso oculto atribuído por ela à rainha, a anciã manifesta a dor de perder a razão de seus antigos cuidados (*C.* 734-65).

Tão manifesta dor enseja gratidão à palavra solidária, e a ama acolhe do coro o dúplice conselho de que mude a mensagem de vir acompanhado para vir desacompanhado e de que a transmita com jubiloso espírito. O que possa haver de enigmático para a anciã no conselho de que mude tão completamente o estado de ânimo recebe com grande conforto a explicação de que "cuidam os Deuses dos seus cuidados deles"(*C.* 780).

O coro diz à ama tão poucas palavras quanto necessárias para surtir o efeito persuasivo tanto junto à mensageira quanto junto ao destinatário da mensagem.

A PRECE A ZEUS PAI

No segundo estásimo (*C.* 783-837), o coro situa a planejada ação de Orestes no âmbito de Zeus Pai dos Deuses Olímpios (*Páter Zeû Theôn Olympíon, C.* 783 s.), mediante a prece a Zeus Pai, a qual desdobra em três tríades os diversos vínculos entre o sentido da ação planejada e os diversos aspectos com que se dá a conhecer o Pai dos Deuses e dos homens (*Patèr andrôn te Theôn te*).

Essas três tríades se compõem pela intervenção de um canto (sem correspondência métrica) entre cada estrofe e antístrofe (cuja rigorosa especularidade métrica ganha assim especial realce). Essa intervenção da mesode ("canto do meio") realça também a indicação, reiterada sob diversos aspectos, dos vínculos entre o dolo planejado por Orestes e o âmbito de Zeus Pai.

Na estrofe da primeira tríade, o coro formula como um pedido para si mesmo a súplica de que o bom sucesso na ação decorra da verdadeira prudência e que assim a custódia de Zeus possa acompanhar os que bem querem agir com prudência. O clamor por Justiça se formula como o voto de que Zeus os guarde aos que bem querem agir com prudência.

A mesode reitera a invocação e a súplica a Zeus e explicita outro aspecto da justiça inerente ao pedido que a súplica contém: a preferência de Zeus por Orestes, que se diz "o do palácio" (*tòn éso meláthron, C.* 790-1) terá em troca "duplo ou triplo retorno", ou seja, a sobrevivência de Orestes como legítimo senhor do palácio traz consigo a sobrevivência do culto de Zeus Pai.

Na antístrofe da primeira tríade, descrevem-se Orestes e a planejada ação como o potro "órfão do seu guerreiro" jungido ao carro "na corrida das aflições" (*pemáton en drómoi, C.* 796). A imagem do potro órfão numa corrida de aflições possibilita que nessa prece para essa planejada ação se peçam "medida" e "ritmo" (*métron, rhythmón, C.* 797-8) Que medida poderia haver no massacre da mãe pelo filho? No entanto, a imagem do potro e

53

da corrida permite que se pense a noção de *métron*, "medida", no âmbito de uma competição atlética, *en drómoi*, "numa corrida", e assim esperar que a ação planejada encontre o seu ritmo na cadência da corrida e deste modo a execução do plano seja bem-sucedida. Nesse sentido, o coro de coéforas poderia dizer como o coro de anciãos argivos: *tò d'eû nikáto*, "vença o bem". O "bem" presente nesse ritmo e nessa medida é a participação em Zeus entendida como a eficácia da ação.

Na segunda tríade, a estrofe desdobra a invocação de Zeus na dos Deuses que têm sede unânimes no opulento recesso do palácio. Que Deuses são estes, invocados nesta prece a Zeus Pai dos Deuses Olímpios? Dado o âmbito de suas sedes, pode-se primeiro pensar na Deusa Héstia, cuja presença se desfruta no almo aconchego do lar, e nos aspectos de Zeus assinalados pelos epítetos *Heféstios, Ktésios, Meilíkhios*, e concernentes respectivamente ao lar, aos bens domésticos e aos ritos lustrais expiatórios de assassínios perpetrados contra familiares. Num segundo momento, dado o pedido que se faz a esses Deuses, pode-se também pensar nas terríveis Erínies, sob cuja tutela se encontra o palácio em que familiares são massacrados por familiares. A Zeus *Meilíkhios* e às Erínies pertence a ruptura e libertação da cadeia de crimes cruentos que se engendram uns aos outros, sucessivos e intermináveis.

A segunda mesode reitera o pedido de que Deus dissolva o sangue antigo e o velho homicídio não mais procrie no palácio, convertendo a imagem de cruor, própria das Erínies, em imagem de luz da liberdade e esplêndida visão, depois de oculto por trevas. Assim formulado, o pedido de ver brilhante a luz da liberdade esclarece a identidade do Deus habitante do grande bocal bem-construído. Por isso, pelo padrão métrico desses versos e por outras razões, geralmente se aceita que o Deus invocado nessa mesode seja Apolo e o grande bocal habitado por ele seja Delfos.

A segunda antístrofe invoca Hermes e reitera o pedido de feliz êxito para o plano descrevendo a planejada ação sob o aspecto da dolosa arte entendida como o domínio de Hermes. Nesse domínio, o Deus filho de Maia brinca com o jogo de ver e de não ser visto, nos confins do visível e do invisível, do oculto e do manifesto.

Na terceira tríade, a estrofe descreve a canção jubilosa que celebrará a libertação do palácio e o afastamento de Erronia para longe dos da casa, dando os Deuses o que é pedido.

Na terceira mesode, as coéforas mudam subitamente de interlocutor mas não de assunto, passando da prece a Zeus Pai à interpelação de Orestes, exortando-o e aconselhando-o, ao descrever a forma que há de ter a planejada ação em seu momento mais crítico. O pedido a Zeus feito na prece assegura a possibilidade de essa forma a ser assumida pela planejada ação vir a ser tanto a forma da participação de Orestes nesses Deuses quanto a forma da presença deles no palácio. A sacralização da violência não apenas a justifica como a transfigura de modo a torná-la aceitável e exeqüível.

Na terceira antístrofe, essa forma de ação contemplada na súplica a Zeus Pai e na exortação a Orestes associa-se ao paradigma heróico de Perseu, matador da Górgona, vencedor do jogo de ver e de não ser visto, nos confins do visivel e do invisível. Que saiba ganhar esse jogo é o que se pede para Orestes.

O OLHO DO PALÁCIO

A breve cena de Egisto (*C*. 838-54) se dá no âmbito do sortilégio: essa reunião das sortes, em que o destino se escolhe, configura-se sob diversos pontos de vista presentes no drama; o ponto de vista de Egisto, a cada palavra por ele enunciada, contrapõe-se ao ponto de vista da ação planejada por Orestes, e nesse ponto de vista da ação planejada por Orestes convergem muitas urgências (*hímeroi*, *C*. 299) relativas ao oráculo de Apolo, o luto pelo pai, a carência de recursos, a vontade de poder, o desejo de glória e a belicosidade entendida como mérito viril.

> Muitos desejos convergem neste ponto:
> as ordens do Deus, o grave luto pelo pai,
> e ainda oprime a carência de recursos,
> e cidadãos mais gloriosos dos mortais
> eversores de Tróia com celebrado espírito,
> não estarem assim sob duas mulheres;
> fêmeo é seu espírito; se não sabe, saberá. (*C*. 299-305)

Nessas urgências se expressam o ponto de vista do Deus Apolo e o do Nume habitante do palácio argivo.

A fina ironia divina se desenha nas palavras ditas por Egisto, pois elas se permitem entender com o valor que têm para Egisto e com o diverso valor que a previsão do imediato porvir lhes dá.

O discurso de Egisto fala do ponto de vista do palácio, mas o ponto de vista do palácio não coincide com o dos imediatos interesses de Egisto, e conhecidos esses interesses, enfatizá-los faz parecerem hipócritas as palavras de Egisto.

Senhor do palácio, primeiro declara que está em seu palácio atendendo ao chamado da notícia, trazida por hóspedes, a respeito da morte de Orestes. Do ponto de vista do palácio argivo, essa notícia é "de modo nenhum desejada" (*oudamôs ephímeron*, *C*. 840), mas para os interesses de Egisto seria, se verdadeira, salvadora. Compreende-se, pois, a ambígua gravidade do motivo que impele Egisto à verificação dessa notícia.

Zeloso de que seja preservado e executado o plano de Orestes, o coro encaminha Egisto aos hóspedes mesmos, para que saiba por si mesmo junto aos próprios (*C.* 848-50). Na iminência desse momento de completar a verificação da notícia, a prece das coéforas a Zeus esclarece os sentidos opostos da alternativa que se impõe: ou a destruição do palácio, ou o fogo e a luz da liberdade. Reitera-se com toda clareza e ênfase que para o coro de coéforas o olho do palácio é Orestes, e sua vitória sobre Egisto é a libertação do palácio (*C.* 855-68). No entanto, ao ouvir-se o grito de Egisto moribundo, com que anuncia quão verdadeira é a notícia que buscava verificar, o coro imediatamente entende que a proeza se completa e doravante o coro se volta ao cuidado de suas aparências:

> Afastemo-nos, perpetrando-se a proeza,
> para parecermos sem culpa destes males,
> pois o término da batalha está decidido. (*C.* 872-4)

Um servo, após lastimosas exclamações, anuncia a morte de Egisto. Em contrapartida do declarado falecimento do déspota, o servo, como que aturdido com o fato, usando verbos no imperativo, dá ordens de que se abram as portas dos aposentos femininos e declara que há necessidade de força viril (*hebôntos dè deî, C.* 879), não para socorrer o morto, mas certamente força viril para que se possa enfrentar a adversidade consumada na morte do déspota. A eloqüente ansiedade do atônito servo atina enfim com o nome de Clitemnestra, a quem chama com compulsão ("Onde está Clitemnestra? Que faz?" *Poû Klutaimestra? C.* 882). Nesse aturdimento, o servo encontra por fim claras palavras com que definir o momento:

> Parece agora que perto do cepo cairá
> o seu pescoço por justiça golpeado. (*C.* 883-4)

Quando a rainha atende ao chamado e pergunta o que significa o grito que o servo ergue no palácio, este já não tem palavras melhores que um enigma para definir a situação com que agora se depara atônito:

Digo que os mortos matam o vivo. (*C.* 886)

Esse enigma para Clitemnestra imediatamente se faz claro como o dolo se contrapõe por justiça ao dolo. Esta inteligência imediata do confronto iminente recobra o ânimo aguerrido "do viril coração expectante da mulher" (*A.* 11). Quando Clitemnestra ouve suas próprias palavras de afoiteza e de enfrentamento, a pedir por "machado homicida" (*C.* 889), antes de ver Egisto morto, já compreende a verdadeira dimensão do seu infortúnio (*C.* 891).

Para Orestes, que entra em tempo de ouvir o pranto de Clitemnestra por Egisto que ela interpela como *phíltat' Aigísthou bía*, esse pronome possessivo em grau superlativo aplicado a Egisto chancela a sentença de morte contra quem o enuncia. Com impecável astúcia, Clitemnestra responde a Orestes com uma súbita mudança de tática: mostra o seio nu e interpela a adversidade como ao próprio filho (*C.* 896-8).

Como num sortilégio provocado pela imagem do seio almo e da interpelação em nome do filho, Orestes se detém e interroga a Pílades o que ele deve fazer, pois o *aidós* ("respeito") o impede de matar a mãe (*C.* 899).

Tí dráso, "que fazer", aqui e alhures pergunta pela forma que há de ter a ação, com a qual o agente está inteiramente identificado; e assim pergunta, aqui, pela forma da ação, mas também pela própria identidade, confundida pelo conflito entre o respeito suscitado pela imagem do seio almo e o respeito devido ao oráculo pítio.

O fato de que essa pergunta "que fazer" seja dirigida a Pílades revela esse conflito entre o poder da imagem imediata e o oráculo dado pelo Deus. Pílades desdobra essa pergunta de modo a torná-la de todo clara, formulando-a como uma pergunta pelo lugar futuro no âmbito dos vaticínios dados por Lóxias em Delfos e guardados pelo poder de fiéis juramentos (*C.* 900-1). Que juramentos são esses? O âmbito dos vaticínios e juramentos de Lóxias abarca a totalidade do ser e a primeira condição que esse âmbito impõe aos que nele se encontram é a observação das palavras do Deus.

O onipresente poder desses vaticínios e juramentos não permite negligenciá-los, ainda que fosse ao custo de ser odioso a todos que não aos Deuses (*C.* 902).

Essa resposta, formulada em forma de nova pergunta, torna Pílades suporte de uma hierofania de Lóxias. O epíteto de Apolo *Loxías* designa-o como "O que diz" (ligado a *légein, lógos,* cf. *E.*19), "O Esclarecedor" (ligado a *leússesthai, leukós*). Essas certeiras palavras com que Pílades rompe o silêncio bem guardado de sua silente companhia torna-o assim uma súbita epifania de Lóxias.

Essa menção aos vaticínios e juramentos de Lóxias libera Orestes do sortilégio da imagem e palavra imediatas, remetendo-o ao sentido perene das palavras divinas. Após ouvir Pílades, Orestes decide (*kríno, C.* 903) obedecer à palavra divina, reconhecendo a vitória de sua força persuasiva. Agora a forma dessa decisão há de ser a execução da sentença de morte e Orestes se dispõe a cumprir o mandado do Deus. As razões que o movem nesse cumprimento são para ele tão claras, que ele dá as razões de seu motivo com toda a clareza:

> Dorme com ele morta, já que amas
> a esse e a quem devias amar odeias. (*C.* 906-7)

A *stikhomythía* entre Clitemnestra e Orestes (*C.* 908-30) reproduz com simetria especular a *stikhomythía* entre Clitemnestra e Agamêmnon na cena do tapete purpúreo (*A.* 931-57). A especularidade da simetria reside nos efeitos da mudança do poder persuasivo (*Peithó*), que abandona Clitemnestra, fazendo-a batida por essas armas que antes lhe deram a vitória, as do poder de persuasão.

No seu último combate, Clitemnestra tenta o debate teológico a respeito da responsabilidade divina e humana na ação cujo agente foi ela. Nesse caso, ela acusa o Destino, ela inculpa o Destino, enquanto parte que lhe coube (*Moîra, C.* 910), de ser a concausa ou mesmo causa (*paraitía*) da ação, cujo agente foi ela mesma, e assim teria uma atenuante ou mesmo eximir-se-ia de toda responsabilidade da ação; contudo, Orestes lhe responde atribuindo ao mesmo Destino, enquanto parte que a ela coube, o quinhão de sua morte (*móron, C.* 911).

Clitemnestra, para escapar à morte, tenta novamente recorrer ao respeito devido à maternidade; Orestes lhe nega que ela própria tivesse manifestado tal respeito, visto que remetera o filho ao infortúnio do exílio, tendo-o vendido. Ela protesta perguntando pelo valor que nessa venda teria recebido. Orestes se nega a responder isso alegando que o pudor o impede de exprobá-la com clareza. Clitemnestra compreende imediatamente que se trata de uma tácita mas clara acusação de excessiva lascívia. Também nesse item sua tentativa de defesa mediante acusação revela-se ineficaz.

Clitemnestra, pela terceira vez, para defender-se, tenta recorrer ao reconhecimento que pudesse a mãe inspirar ao filho; mas Orestes subtrai-se à influência que pudesse demovê-lo de sua decisão, alegando que ela mesma preparou sua própria morte (*C.* 923).

Por fim, último recurso, Clitemnestra alerta o filho para a ameaça das "rancorosas cadelas da mãe"; mas essa ameaça se dissipa ante a das cadelas do pai (cujo alerta vem de Delfos), para Orestes inevitáveis, se se furtasse à execução da sentença (*C.* 924-5).

Tendo tentado todos os seus recursos, Clitemnestra reconhece a inutilidade de todos eles e percebe o sentido divinatório do pavor suscitado pelo sonho, identificando por fim Orestes com a serpente vista no sonho (*C.* 928-9).

A VERDADEIRA JOVEM DE ZEUS: JUSTIÇA

O terceiro estásimo (*C.* 935-71) celebra o advento de Justiça, descrevendo sob diversos aspectos a sua presença no curso dos acontecimentos e sobretudo na ação em que eles culminam. Compõe-se de duas tríades estrofe-mesode-antístrofe. Cada mesode descreve o momento atual da vida no palácio. Cada par estrofe-antístrofe descreve os diversos aspectos correlatos do advento e presença de Justiça, inserindo e definindo assim o atual momento político na seqüência das diversas manifestações de Justiça.

A primeira estrofe localiza e compara duas epifanias de Justiça (*Díka, C.* 935) na forma de "pesada e justa Punição" (*Poiná, C.* 936): uma entre os Priâmidas, outra no palácio de Agamêmnon. Nesse palácio, ela se manifesta como "dúplice leão, dúplice Ares". (*C.* 938). Se a imagem de leão, enquanto emblema dessa dinastia, deixa-se identificar com os diversos habitantes do palácio (Agamêmnon, Clitemnestra, Egisto, Menelau, Helena, Ifigênia, Electra, Orestes), o numeral "dúplice" e o aposto "Ares" contemplam unicamente Orestes, considerado duas vezes leão por seu duplo homicídio. Tendo alcançado o seu termo, completa-se a imagem da corrida desenhada na prece a Zeus do segundo estásimo (*C.* 794-99). "Correu até o termo" (*C.* 939): terminou para Orestes "a corrida de males" (*C.* 797), quando ainda que "exilado emissário de Delfos impelido por instruções do Deus" vê o dia da vitória (*C.* 941).

A primeira mesode celebra o momento atual do palácio com um alarido em ação de graça pela libertação do palácio. Eliminam-se os males e a dilapidação dos bens praticada pelos dois poluentes, assim viver no palácio se torna outra vez viável, banido o impérvio quinhão (*scilicet*, o governo do inimigo no palácio).

A primeira antístrofe descreve a ação planejada e executada por Orestes como secreta batalha, acrescentando à descrição da epifania da Punição o epíteto "astuciosa" (*dolióphron Poiná,*

C. 947), o que implica que o êxito dependeu de Persuasão dolosa e de Hermes subterrâneo e noturno (*Peithò dolían ... khthónion d' Hermên kaì tòn nýkhion, C.* 726-8). Contudo, não dependeu só do uso da palavra hábil e do favor dos ínferos: tocou-lhe a mão na batalha a verdadeira filha de Zeus (*C.* 949). Nesse caso, o adjetivo *etétymos* é mais claro e nuanceado que a tradução vernácula por "verdadeira", pois significa a verdade que se pode verificar por si mesmo, mediante a observação da ação executada e da palavra proferida. Como se vê na ação, também na palavra, a verdadeira "Jovem de Zeus" (***DIòs KórA***) é "Justiça" (***DIKA***). Quem lhe toca a mão na batalha, como Justiça, filha de Zeus, é Atena, a "terrível invencível guerreira infatigável"? (*T.* 925) No entanto, o último verso dessa antístrofe menciona a cólera divina, que respira rancor ruinoso aos inimigos, o que já lembra não Atena, mas Erínies.

A segunda estrofe explicita a relação entre o oráculo de Delfos e a ação de Orestes. O Deus sem dolo, no grande santuário de Parnaso, reconhece que Justiça foi ofendida com dolo; e com o tempo ela faz o seu assalto. Esse vínculo com a palavra do oráculo dá à ação de Orestes o caráter de uma demonstração do poder dos Deuses Celestes que nos livram da sujeição aos males.

A segunda mesode celebra a libertação do palácio e o fim da tirania. A imagem de luz como segurança e paz social permite pensar no reerguimento e reconstrução da vida política.

A segunda antístrofe antevê as conseqüências benéficas das cerimônias purificatórias, sejam elas os ritos lustrais posteriores ao massacre, seja o massacre mesmo. Banidas do âmbito doméstico a poluição e as pragas, mediante essa purificação, as Sortes de belas faces e em tudo propícias de novo hão de caber aos novos moradores do palácio.

ENTRE APOLO E AS VISÍVEIS E INVISÍVEIS ERÍNIES

A última cena de *Coéforas* mostra Orestes, cumprida a palavra oracular de Apolo, a dialogar com diversos interlocutores, e entre esses, a maior parte do tempo, mas não prioritariamente, com o coro. O cumprimento da palavra oracular era a condição para obter a salvação de Apolo e escapar às Erínies paternas, essas mesmas cuja ação voraz e destrutiva se descreve como privação de Apolo e resulta na destruição de toda formosura e por fim de participação na luz, devorado em vida pelas sombrias filhas de Noite lúgubre.

Cumpriu-se a palavra oracular de Apolo, cujos vaticínios e fiéis juramentos foram lembrados pelo parceiro de todo o percurso, como se só o acompanhasse para dizer tais palavras (*C.* 900-2). Trata-se agora de compreender a realidade humana do que se fez, mediante a invocação de testemunhas que testifiquem a identidade entre o que dizem os vaticínios e fiéis juramentos, por um lado, e por outro, o que se vê sob os olhos. São estritamente políticos os termos com que Orestes busca inscrever no âmbito de Justiça o móvel e o modo da matança por ele perpetrada, ao descrever os mortos como tiranos, homicidas e usurpadores de seus bens ancestrais. No entanto, Orestes deve ainda incluir na descrição do móvel e modo de agir de Clitemnestra a amizade fiel (a Egisto), a observância do juramento, a constância e eficácia no propósito de matar o pai (*C.* 973-9).

Quando Orestes primeiro invoca os "ouvintes destes males" (*tônd'epékooi kakôn, C.* 980), não parece se dirigir exclusivamente ao coro, mas a todos os presentes que possam ouvir e vê-lo. Dentre esses presentes, Orestes nomeia o Pai Sol, "que contempla tudo isto" (*C.* 984-86), a quem suplica que esteja presente no tribunal como testemunha de que com justiça perpetrou o massacre da mãe.

Aos que invoca como testemunha, Orestes exibe o que chama de "a armadilha" (*tò mekhánema, C.* 981). Nessa invocação e exibição parece supor que a testemunha possa ver não o que presentemente se exibe, mas sim isso de que o presentemente exibido vestígio é indício. Essa exibição pede um olhar como o de Cassandra, que vê não a fachada visível a todos do palácio, mas sim a invisível presença do Nume, que inclui em seu presente o que para nós outros, os do coro, já há muito é pretérito, ou ainda é porvir. A essa testemunha, que se supõe dispor desse olhar como o de Cassandra, Orestes fala dessa horrenda trama contra o marido, e descreve Clitemnestra como "moréia ou víbora" (*C.* 994), o que afinal se mostra ser a face sombria e horrenda de Justiça, quando o espectro de Clitemnestra desperta as Erínies, no prólogo de *Eumênides.* No entanto, o que soa como uma ironia do Nume residente nas palavras refulge e repercute na interpretação dada por Orestes a seu próprio gesto de exibir a rede ("rede sim", *díktyon mèn oûn, C.* 999). O uso que Clitemnestra fez dessa rede assim Orestes o descreve:

> Isto um ladrão de hóspede armaria,
> afeito à astúcia e à vida rapinante,
> e com este dolo massacrando muitos
> muitas vezes esquenta o seu coração. (*C.* 1001-4)

Nesse momento, os dêicticos "isto (...) e com este (...)" tornam-se ambíguos, porque a descrição do móvel e modo de agir de Clitemnestra também se aplica ao móvel e modo de agir de Orestes. O desamor de filhos expresso nos votos com que Orestes conclui essa descrição corresponde ao rancor de mãe contra a cria manifesto pelo espectro de Clitemnestra no prólogo de *Eumênides.*

A ambigüidade desses dêicticos reflete a dolorosa ambigüidade da situação de Orestes enquanto executor dessa punição na qual o justiceiro punitivo reproduz e carrega consigo a punibilidade do que é punido. Nessa dolorosa ambigüidade, o executor e o executado parecem equivalentes. Dessa ambigüidade vem a presente dor pranteada pelo coro de coéforas:

> *Aiaî, aiaî,* míseros feitos!
> Sucumbiste a odiosa morte.
> *Aiaî, aiaî,*
> Para quem fica, dor ainda floresce. (*C.* 1007-9)

A ironia das palavras com que Orestes acusa Clitemnestra reside em que a mesma acusação se aplica também ao acusador ("fez ou não fez", *C*. 1010; cf. *E*. 587-8) A irônica ambigüidade das palavras de Orestes torna-se pungente e perturbadora, quando no horizonte do porvir se delineiam as terríveis ameaças implicadas por essa inevitável palavra anunciadora da "indesejável poluência desta vitória" (*ázela níkas tês ... miásmata, C*. 1017).

Confrontado com tão dolorosa ambigüidade, cujo aspecto nefasto de poluência se diz *miásmata* com todo o horror que a palavra tem, o coro lamenta a condição geral dos mortais, a presente fadiga e a fadiga por vir (*C*. 1018-20).

A imagem da corrida de carro, construída pelo coro para descrever o que se pedia a Zeus para Orestes ("medida ... ritmo" *métron ... rhýthmón C*. 794-9), agora descreve na fala de Orestes a nova situação, quando se explicita essa ambigüidade entre executor e executado, e não parece mais possível a Orestes prever aonde a corrida terminará, mas já lhe é possível saber que será acompanhada do canto e da dança raivosa de Pavor.

Como quem se despede da luz, Orestes se despede da lucidez, com um discurso que resume e reitera o que é sua convicção a respeito do que fez e a respeito da sua relação com Apolo. É por esse vínculo entre o que ele fez e o que lhe prescreveu o oráculo pítio de Apolo que Orestes espera encontrar abrigo dos males suscitados pela poluência dos massacres na família.

Na sua tentativa de tranqüilizar Orestes mediante a imposição de um limite à dolorosa ambigüidade das palavras e dos feitos, o coro descreve seus feitos como a libertação da cidade de Argos, que se consuma com a decapitação das duas serpentes (*C*. 1044-7).

Uma vez nomeadas pelo coro, as serpentes se fazem visíveis a Orestes, que grita ao vê-las, e descreve-as "como Górgones":

> *Â! Â!*
> Estas mulheres horrendas como Górgones
> Vestidas de negro, como as tranças
> De crebras serpentes (...) (*C*. 1048-50)

Invisíveis para o coro, essas figuras lhe parecem visões provocadas pelas dores de Orestes. Para Orestes, porém, essas figuras têm uma presença que o atinge em seu próprio ser: tão hediondas figuras são as "cadelas raivosas da mãe"(*C.* 1054).

Essas figuras hediondas, cujo modo de presença não é o mesmo para o coro e para Orestes, antes mesmo de tomarem a palavra, impõem-se como um interlocutor imperioso para Orestes. O exílio se torna urgente e inadiável. Somente no lar de Lóxias em Delfos pode-se purificar e repelir tão insuportável e destruidora presença nefasta.

Toda a diferença no modo de presença dessas pavorosas figuras para o coro e para Orestes mostra-se com toda clareza na fala final de Orestes:

> Ei-las, vós não as vedes, eu vejo,
> perseguem-me e não mais ficaria. (*C.* 1061-2)

Em sua última fala, o coro se interroga a respeito do porvir, e buscando saber como o porvir se resolverá, descreve as três tempestades que sucessivamente se abateram sobre o palácio real: a presente é a terceira; as passadas são o banquete de Tiestes, em que se massacram e devoram crianças, e o assassínio do rei. Uma tempestade de sangue em cada geração: o que pode esperar, no meio dessa tempestade, a presente geração?

SINOPSE DO ESTUDO DA TRAGÉDIA COÉFORAS DE ÉSQUILO

1. Delineamento dos principais problemas hermenêuticos da tragédia *Coéforas*: 1) Deuses Olímpios e Deuses Ctônios, Zeus e o herói em seu túmulo, dada a diversidade de suas regiões ontológicas, reciprocamente se excluem, mas nesta tragédia por vezes implicam-se uns aos outros e coincidem. Hipótese de trabalho: unidade enantiológica, unidade subjacente e não substancial dos contrários, característica da percepção arcaica e do pensamento mítico. 2) O oráculo de Apolo a Orestes, prescreve a missão que, descurada, suscitaria a perseguição das Erínies, e que, tendo sido cumprida, também a suscita; a ironia inerente aos oráculos délficos; a participação em Apolo como abrigo contra as Erínies, a privação dessa participação como exposição às Erínies: unidade enantiológica de Apolo e de Erínies. 3) O coro de prisioneiras de guerra, seu ascendente sobre Electra e Orestes, sua identificação com os valores aristocráticos, seu vínculo com os horizontes e perspectivas da *pólis*: as diversas faces do coro nesta tragédia.

2. **Prólogo (1-21).** A prece de Orestes dirigida a Hermes Ctônio, ao herói em seu túmulo, e a Zeus: unidade e diversidade desses três interlocutores de Orestes.

3. **Párodo (22-83).** Primeira estrofe: descrição do comportamento ritual das coéforas (22-31). Primeira antístrofe: conseqüências do sonho ominoso da rainha no palácio real (32-41). Segunda estrofe: a graça impossível, o sangue irresgatável, as trevas numinosas (42-54). Segunda antístrofe: contraste entre a anterior e a atual administração do palácio, vínculo entre Justiça e Noite (55-65). Terceira estrofe: o sangue no chão e a Erronia coercitiva (66-74). Terceira antístrofe: virgindade perdida sem remédio, a mancha de sangue sem limpeza. Epodo: a condição servil das coéforas e seu luto (75-83).

4. **Primeiro episódio: primeira parte (84-314).** Perplexidade de Electra quanto às palavras da libação funerária; instrução do coro; prece de Electra a Hermes Ctônio, aos subtérreos Numes,

67

a Terra e ao pai morto; pranto do coro; o primeiro indício: mecha de cabelo; o segundo indício: pegadas; a presença de Orestes, a veste trabalhada por Electra, o reconhecimento dos irmãos; a prece de Orestes a Zeus; o relato do oráculo de Lóxias a Orestes; a prece do coro às Partes.

5. **Kommós (315-478)**. O pranto ritual tem por finalidade obter o amparo e auxílio do morto na consecução da vindicta. O coro, o irmão e a irmã alternam e entrelaçam os seus cantos de modo a concentrarem suas forças nesta ação, que se propõe, de executar a vindicta. O coro, na figura do corifeu, confirma a sua precedência, perante os irmãos, como se ele, por oficiar e dirigir a cerimônia do pranto fúnebre, cuidasse de assegurar tanto a eficácia da comunicação com o morto quanto a concentração dos esforços na causa comum.

6. **Primeiro episódio: conclusão (479-651)**. Ainda ante o túmulo paterno, aos Deuses ínferos e ao pai morto, entendidos como uma unidade, os irmãos suplicam por Justiça (*Díken*), a saber, vindicta e reintegração em posse do palácio. Relato do sonho ominoso da rainha (526-539); interpretação pragmática do sonho por Orestes, comprometida com o plano de ação: contraste entre o significado da serpente no imaginário grego e na interpretação de Orestes.

7. **Primeiro estásimo (585-651)**. Primeira estrofe: terrores nutridos pela Terra (585-592). Primeira antístrofe: exemplificações: soberbos pensamentos do homem, amores ousados de mulheres, *apérotos éros* (594-601). Segunda estrofe: morte mágica de Meléagro por sua mãe Altéia (602-611). Segunda antístrofe: morte mágica de Niso por sua filha Cila (613-622). Terceira estrofe: núpcias abomináveis, astúcias femininas e circunstâncias atuais do palácio em Argos (623-630). Terceira antístrofe: crimes lêmnios, cf. Heródoto VI, 138 (631-638). Quarta estrofe: o punhal da Justiça contra os transgressores da veneração por Zeus (639-645). Quarta antístrofe: correlação entre Justiça e Erínis (646-651).

8. **Segundo episódio (653-782)**. Diante do palácio de Argos: o dolo de Orestes, sua recepção por Clitemnestra. Intervenção do coro: prece a Persuasão dolosa e a Hermes Ctônio e noturno;

o âmbito de Hermes, o ascendente do coro por ter presidido à cerimônia do pranto funerário. O contraste entre a ama e Clitemnestra no discurso da ama.

9. **Segundo estásimo (783-837).** A prece a Zeus explicita os diversos vínculos entre a ação planejada e os diversos aspectos com que se dá a conhecer o poder de Zeus; menção a Apolo, Hermes e a Perseu, matador da Górgona.

10. **Terceiro episódio (838-934).** A ironia divina, circunstancial, no discurso de Egisto. Prece do coro a Zeus: alternativa entre destruição e libertação do palácio. Servo anuncia a morte de Egisto a Clitemnestra. Confronto entre Clitemnestra e Orestes; as palavras de Pílades como cratofaniạ de Apolo; a *stikhomythía* entre Orestes e Clitemnestra: a lógica irresistível do dever imposto pela participação em Apolo.

11. **Terceiro estásimo (935-971).** Celebra-se o advento de Justiça; Orestes como dúplice leão, dúplice Ares; o palácio real argivo livre de dois poluidores; Punição dolosa, *etymología* de Justiça (*Díka*: *DIòs KórA*); sua proclamação por Lóxias em Delfos; o palácio livre do grande freio; as purificações repulsoras de Erronias, as sortes de belas faces.

12. **Último episódio (973-1076).** Cumprida a palavra oracular, a compreender a realidade humana do que fez, Orestes descreve os mortos como tiranos, homicidas e usurpadores de bens ancestrais. A ambigüidade da acusação de Orestes a Clitemnestra reside em que a mesma acusação se aplica também ao acusador ("fez ou não fez", *C.* 1010; cf. *E.* 587-8). Invisíveis e visíveis Erínies.

ORESTÉIA II

COÉFORAS

NOTA EDITORIAL

Tradução conforme texto de A. F. Garvie.

AS PERSONAGENS DO DRAMA

Or(estes).
Co(ro de cativas).
El(ectra).
Se(rvo).
Cl(itemnestra).
A(ma).
Eg(isto).
Pí(lades).

ΟΡΕΣΤΗΣ
Ἑρμῆ χθόνιε, πατρῶι' ἐποπτεύων κράτη,
σωτὴρ γενοῦ μοι σύμμαχός τ' αἰτουμένωι·
ἥκω γὰρ ἐς γῆν τήνδε καὶ κατέρχομαι
* * *
τύμβου δ' ἐπ' ὄχθωι τῶιδε κηρύσσω πατρὶ
κλύειν, ἀκοῦσαι   5
* * *
(   ) πλόκαμον Ἰνάχωι θρεπτήριον,
τὸν δεύτερον δὲ τόνδε πενθητήριον
* * *
οὐ γὰρ παρὼν ὤιμωξα σόν, πάτερ, μόρον
οὐδ' ἐξέτεινα χεῖρ' ἐπ' ἐκφορᾶι νεκροῦ
* * *
τί χρῆμα λεύσσω; τίς ποθ' ἥδ' ὁμήγυρις   10
στείχει γυναικῶν φάρεσιν μελαγχίμοις
πρέπουσα; ποίαι ξυμφορᾶι προσεικάσω;
πότερα δόμοισι πῆμα προσκυρεῖ νέον,
ἢ πατρὶ τὠμῶι τάσδ' ἐπεικάσας τύχω
χοὰς φερούσαις, νερτέροις μειλίγματα;   15
οὐδέν ποτ' ἄλλο· καὶ γὰρ Ἠλέκτραν δοκῶ
στείχειν ἀδελφὴν τὴν ἐμὴν πένθει λυγρῶι
πρέπουσαν. ὦ Ζεῦ, δός με τείσασθαι μόρον
πατρός, γενοῦ δὲ σύμμαχος θέλων ἐμοί.
Πυλάδη, σταθῶμεν ἐκποδών, ὡς ἂν σαφῶς   20
μάθω γυναικῶν ἥτις ἥδε προστροπή.

PRÓLOGO

Or. Hermes Ctônio, vigia dos pátrios poderes,   (frag. 1)
sê meu salvador e aliado, eu te peço,
venho a esta terra e assim retorno.

. . . .

Neste proeminente túmulo clamo ao pai   (frag. 3)
ouve, escuta   5

. . . .

Ofereci trança a Ínaco pelo alimento,   (frag. 5)
e esta segunda, por lutuoso lamento

. . . .

Nem presente pranteei tua morte, ó pai,
nem estendi a mão no séquito fúnebre

. . . .

O que vejo? Que grupo de mulheres   10
aqui marcha com mantos negriemais,
distinto? A que conjuntura o comparo?
Que novo pesar penetra o palácio?
Ou acerto se as comparo a portadoras
de libações a meu pai, delícias a mortos?   15
Não é outra! Creio marchar Electra
minha irmã, com pranteado luto
distinta. Ó Zeus, dá-me punir a morte
do pai, sê aliado anuente comigo!
Ó Pílades, afastemo-nos para sabermos   20
claro que procissão de mulheres é esta.

ΧΟΡΟΣ
ἰαλτὸς ἐκ δόμων ἔβαν [στρ. α
χοὰς προπομποῦσ' ὀξύχειρι σὺν κόπωι.
πρέπει παρὴς φοίνισσ' ἀμυγ-
μοῖς ὄνυχος ἄλοκι νεοτόμωι, 25
δι' αἰῶνος δ' ἰυγ-
μοῖσι βόσκεται κέαρ,
λινοφθόροι δ' ὑφασμάτων
λακίδες ἔφλαδον ὑπ' ἄλγεσιν,
πρόστερνοι στολμοὶ πέπλων ἀγελάστοις 30
ξυμφοραῖς πεπληγμένων.

τορὸς γὰρ ὀρθόθριξ δόμων [ἀντ. α
ὀνειρόμαντις ἐξ ὕπνου κότον πνέων
ἀωρόνυκτον ἀμβόα-
μα μυχόθεν ἔλακε περὶ φόβωι, 35
γυναικείοισιν ἐν
δώμασιν βαρὺς πίτνων·
κριταί ⟨τε⟩ τῶνδ' ὀνειράτων
θεόθεν ἔλακον ὑπέγγυοι
μέμφεσθαι τοὺς γᾶς νέρθεν περιθύμως 40
τοῖς κτανοῦσί τ' ἐγκοτεῖν.
τοιάνδε χάριν ἀχάριτον ἀπότροπον κακῶν, [στρ. β
ἰὼ γαῖα μαῖα, μωμένα μ' ἰάλλει 45
δύσθεος γυνά· φοβοῦ-
μαι δ' ἔπος τόδ' ἐκβαλεῖν·
τί γὰρ λύτρον πεσόντος αἵματος πέδοι;
ἰὼ πάνοιζυς ἑστία,
ἰὼ κατασκαφαὶ δόμων· 50
ἀνήλιοι βροτοστυγεῖς
δνόφοι καλύπτουσι δόμους
δεσποτᾶν θανάτοισι.

PÁRODO

Co. Enviada do palácio vim   EST. 1
conduzir libações com rápido bater de mãos.
Distinguem face purpúrea os arranhões,
sulcos da unha recém-feridos,   25
sempre de alaridos
nutre-se o coração.
Destruído o linho dos tecidos,
rompem-se vestes de véus dolorosas
laceradas no peito, sem nenhum riso   30
atingidas pelo infortúnio.

Claro, arrepiante, no palácio,   ANT. 1
o Adivinho de sonho, tirando sono, a respirar rancor,
alta noite, no recôndito, bramiu
um grito terríssono,   35
grave ao reboar
nos aposentos femininos.
Os intérpretes deste sonho
garantidos pelo Deus bramiram
que os ínferos irados repreendem   40
os que mataram e lhes têm rancor.
Envia-me a ímpia mulher   EST. 2
ávida de tal graça não-graça repelente de males   45
Ió! Mãe Terra! Temo
dizer esta palavra:
o que livra do sangue caído no chão?
Ió! Miseranda lareira!
Ió! Ruínas do palácio!   50
Sem a luz do Sol hediondas
trevas encobrem o palácio
com as mortes dos senhores.

σέβας δ' ἄμαχον ἀδάματον ἀπόλεμον τὸ πρὶν [ἀντ. β
δι' ὤτων φρενός τε δαμίας περαῖνον 56
νῦν ἀφίσταται. φοβεῖ-
ται δέ τις· τὸ δ' εὐτυχεῖν,
τόδ' ἐν βροτοῖς θεός τε καὶ θεοῦ πλέον· 60
ῥοπὰ δ' ἐπισκοπεῖ Δίκας
ταχεῖα τοὺς μὲν ἐν φάει,
τὰ δ' ἐν μεταιχμίωι σκότου
μένει χρονίζοντας ἄχη,
τοὺς δ' ἄκρατος ἔχει νύξ. 65

δι' αἵματ' ἐκποθένθ' ὑπὸ χθονὸς τροφοῦ [στρ. γ
τίτας φόνος πέπηγεν οὐ διαρρύδαν·
†διαλγὴς† ἄτα διαφέρει τὸν αἴτιον
†παναρκέτας† νόσου βρύειν. 69

θιγόντι δ' οὔτι νυμφικῶν ἑδωλίων [ἀντ. γ
ἄκος, πόροι τε πάντες ἐκ μιᾶς ὁδοῦ 72
διαίνοντες τὸν χερομυσῆ φόνον καθαί-
ροντες ἴθυσαν μάταν.

ἐμοὶ δ', ἀνάγκαν γὰρ ἀμφίπτολιν [ἐπωιδ.
θεοὶ προσήνεγκαν, ἐκ γὰρ οἴκων 76
πατρώιων δούλιόν ⟨μ'⟩ ἐσᾶγον αἶσαν,
δίκαια †καὶ μὴ δίκαια†
πρέποντ' ἀπ' ἀρχᾶς βίου
βίαι φρενῶν αἰνέσαι, πικρὸν στύγος 80
κρατούσαι· δακρύω δ' ὑφ' εἱμάτων
ματαίοισι δεσποτᾶν
τύχαις, κρυφαίοις πένθεσιν παχνουμένα.

Reverência invicta indômita imbatível antes ANT. 2
dominava os ouvidos e o espírito do povo, 56
agora se afasta,
impõe-se pavor. A boa sorte,
esta, entre mortais, é Deus e mais que Deus. 60
O pendor de Justiça observa
a uns rápido em plena luz,
a outros, em frente das trevas,
reserva tardias aflições,
a outros, mera Noite pega. 65

Bebido o sangue pela terra nutriz, EST. 3
punitivo cruor coalha sem correr,
pungente Erronia leva o culpado
(...) a agravar a moléstia. 69

Tocado o virgíneo tálamo, não há ANT. 3
remédio. Todos os cursos, por única via, 72
fluindo, limpando mão suja de sangue,
precipitam-se em vão.

Os Deuses me impuseram a coerção EPODO
do cerco à cidade, e conduziram-me 76
do pátrio palácio à sorte escrava.
Com justiça e sem justiça
convém por princípio de vida
aprovar contra o espírito, dominando 80
o amargo asco. Pranteio sob as vestes
a inane sorte dos senhores,
oculto luto me regela.

ΗΛΕΚΤΡΑ
δμωιαί λυναῖκες, δωμάτων εὐθήμονες,
ἐπεὶ πάρεστε τῆσδε προστροπῆς ἐμοὶ   85
πομποί, λένεσθε τῶνδε σύμβουλοι πέρι·
τί φῶ χέουσα τάσδε κηδείους χοάς;
πῶς εὔφρον᾽ εἴπω; πῶς κατεύξωμαι πατρί;
πότερα λέγουσα παρὰ φίλης φίλωι φέρειν
γυναικὸς ἀνδρί, τῆς ἐμῆς μητρὸς πάρα;   90
ἢ τοῦτο φάσκω τοὔπος, ὡς νόμος βροτοῖς,   [93]
ἴσ᾽ ἀντιδοῦναι τοῖσι πέμπουσιν τάδε   [94]
στέφη, δόσιν γε τῶν κακῶν ἐπαξίαν;   [95]
ἢ σῖγ᾽ ἀτίμως, ὥσπερ οὖν ἀπώλετο   [96]
πατήρ, τάδ᾽ ἐκχέασα, γάποτον χύσιν,   [97] 95
στείχω, καθάρμαθ᾽ ὥς τις ἐκπέμψας, πάλιν   [98]
δικοῦσα τεῦχος ἀστρόφοισιν ὄμμασιν;   [99]
τῶνδ᾽ οὐ πάρεστι θάρσος, οὐδ᾽ ἔχω τί φῶ   [91]
χέουσα τόνδε πελανὸν ἐν τύμβωι πατρός.   [92]
τῆσδ᾽ ἔστε βουλῆς, ὦ φίλαι, μεταίτιαι·   100
κοινὸν γὰρ ἔχθος ἐν δόμοις νομίζομεν.
μὴ κεύθετ᾽ ἔνδον καρδίας φόβωι τινός·
τὸ μόρσιμον γὰρ τόν τ᾽ ἐγεύθερον μένει
καὶ τὸν πρὸς ἄλλης δεσποτούμενον χερός.
λέγοις ἂν εἴ τι τῶνδ᾽ ἔχεις ὑπέρτερον.   105
Χο. αἰδουμένη σοι βωμὸν ὡς τύμβον πατρὸς
λέξω, κελεύεις γάρ, τὸν ἐκ φρενὸς λόγον.
Ηλ. λέγοις ἄν, ὥσπερ ἠιδέσω τάφον πατρός.
Χο. φθέγγου χέουσα κεδνὰ τοῖσιν εὔφροσιν.
Ηλ. τίνας δὲ τούτους τῶν φίλων προσεννέπω;   110
Χο. πρῶτον μὲν αὑτὴν χὦστις Αἴγισθον στυγεῖ.
Ηλ. ἐμοί τε καὶ σοί τἄρ᾽ ἐπεύξομαι τάδε;
Χο. αὐτὴ σὺ ταῦτα μανθάνουσ᾽ ἤδη φράσαι.
Ηλ. τίν᾽ οὖν ἔτ᾽ ἄλλον τῆιδε προστιθῶ στάσει;

80

PRIMEIRO EPISÓDIO: PRIMEIRA PARTE

El.   Mulheres cativas cuidosas do palácio,
      já que nesta procissão sois minhas   85
      parceiras, sede nisto conselheiras:
      que falar ao verter as fúnebres libações?
      Como propiciar? Como rogar ao pai?
      Digo trazê-las da querida ao querido,
      da mulher ao marido, da minha mãe?   90
      Ou digo esta fala, costumeira dos mortais,   [93]
      dar igual retorno aos que enviam estas   [94]
      coroas, dádiva digna de seus crimes?   [95]
      Ou em silêncio sem honra como pereceu   [96]
      o pai, verter esta vertente, poção da terra,   [97] 95
      e retornar como quem despediu imundícies,   [98]
      ao lançar a urna sem voltar os olhos?   [99]
      Não há tanta audácia nem sei que falar   [91]
      ao verter este libame no túmulo do pai.   [92]
      Participai, ó amigas, desta resolução;   100
      possuímos neste palácio o ódio comum.
      Não vos oculteis no coração por terror:
      o fatídico aguarda o homem livre
      e o dominado por alheio braço.
      Digas, se podes, algo melhor que isso.   105
Co.   Respeito como altar a tumba de teu pai,
      direi a fala do íntimo, pois ordenas.
El.   Digas, em respeito à tumba de meu pai.
Co.   Verte e pronuncia o sagrado a propícios.
El.   A que amigos assim me dirijo?   110
Co.   Primeiro a ti e a quem odeia Egisto.
El.   A mim e a ti então rogarei isso?
Co.   Percebe e fala isso tu mesma já.
El.   Quem ainda acrescentar a esta sedição?

Χο. μέμνησ' Ορέστου, κεἰ θυραῖός ἐσθ' ὅμως. 115
Ηλ. εὖ τοῦτο, κἀφρένωσας οὐχ ἥκιστά με.
Χο. τοῖς αἰτίοις νυν τοῦ φόνου μεμνημένη
Ηλ. τί φῶ; δίδασκ' ἄπειρον ἐξηγουμένη.
Χο. ἐλθεῖν τιν' αὐτοῖς δαίμον' ἢ βροτῶν τινα.
Ηλ. πότερα δικαστὴν ἢ δικηφόρον λέγεις; 120
Χο. ἁπλωστὶ φράζους', ὅστις ἀνταποκτενεῖ.
Ηλ. καὶ ταῦτά μούστὶν εὐσεβῆ θεῶν πάρα;
Χο. πῶς δ' οὔ, τὸν ἐχθρὸν ἀνταμείβεσθαι κακοῖς;
Ηλ. κῆρυξ μέγιστε τῶν ἄνω τε καὶ κάτω [165] 124ᵃ
⟨   ⟩ Ἑρμῆ χθόνιε, κηρύξας ἐμοὶ 124ᵇ
τοὺς γῆς ἔνερθε δαίμονας κλύειν ἐμὰς 125
εὐχάς, πατρώιων δωμάτων ἐπισκόπους,
καὶ γαῖαν αὐτήν, ἣ τὰ πάντα τίκτεται
θρέψασά τ' αὖθις τῶνδε κῦμα λαμβάνει.
κἀλῶ χέουσα τάσδε χέρνιβας νεκροῖς
λέγω καλοῦσα πατέρ' "ἐποίκτιρόν τ' ἐμὲ 130
φίλον τ' Ὀρέστην φῶς τ' ἄναψον ἐν δόμοις.
πεπραμένοι γὰρ νῦν γέ πως ἀλώμεθα
πρὸς τῆς τεκούσης, ἄνδρα δ' ἀντηλλάξατο
Αἴγισθον, ὅσπερ σοῦ φόνου μεταίτιος.
κἀγὼ μὲν ἀντίδουλος, ἐκ δὲ χρημάτων 135
φεύγων Ὀρέστης ἐστίν, οἱ δ' ὑπερκόπως
ἐν τοῖσι σοῖς πόνοισι χλίουσιν μέγα.
ἐλεῖν δ' Ὀρέστην δεῦρο σὺν τύχηι τινὶ
κατεύχομαί σοι, καὶ σὺ κλῦθί μου, πάτερ,
αὐτῆι τέ μοι δὸς σωφρονεστέραν πολὺ 140
μητρὸς γενέσθαι χεῖρά τ' εὐσεβεστέραν.
ἡμῖν μὲν εὐχὰς τάσδε, τοῖς δ' ἐναντίοις
λέγω φανῆναι σοῦ, πάτερ, τιμάορον,
καὶ τοὺς κτανόντας ἀντικατθανεῖν δίκηι.
ταῦτ' ἐν μέσωι τίθημι τῆς καλῆς ἀρᾶς, 145
κείνοις λέγουσα τήνδε τὴν κακὴν ἀράν·
ἡμῖν δὲ πομπὸς ἴσθι τῶν ἐσθλῶν ἄνω
σὺν θεοῖσι καὶ γῆι καὶ δίκηι νικηφόρωι. "
τοιαῖσδ' ἐπ' εὐχαῖς τάσδ' ἐπισπένδω χοάς·

82

Co. Lembra Orestes, ainda que ausente.   115
El. Está bem e instruíste-me não pouco.
Co. Lembra e aos culpados do massacre...
El. Que dizer? Explica-o à inexperiente.
Co. Vir-lhes um Nume ou um mortal.
El. Dizes juiz ou portador de justiça?   120
Co. Falando simples, quem também os mate.
El. Isto é reverente junto aos Deuses?
Co. Como não? Retribuir males a inimigo.
El. Arauto máximo dos sobre e dos sob,   [165] 124ª
    ó Hermes Ctônio, proclama por mim,   124ᵇ
    ouçam os subtérreos Numes as minhas   125
    preces, os vigilantes do pátrio palácio,
    e Terra mesma, que a tudo gera,
    nutre e outra vez acolhe no útero.
    Eu, vertendo esta água lustral a mortos,
    digo invocando o pai: "Tem dó de mim   130
    e de nosso Orestes, reilumine o palácio.
    Agora como que vagamos, vendidos
    por quem pariu e trocou pelo marido
    Egisto, o cúmplice do teu massacre.
    Eu igualo a escrava, e das riquezas   135
    banido está Orestes, eles soberbos
    jactam-se dos frutos de tuas fadigas.
    Que venha Orestes com alguma sorte
    eu te suplico, ouve-me tu, ó pai,
    a mim dá-me ser mais comedida   140
    que a mãe e, ao agir, mais pia.
    A nós, estas súplicas; e aos inimigos
    digo mostrar-se o teu vingador, ó pai,
    e quem te matou morrer com Justiça.
    Isso ponho no meio desta bela prece   145
    dizendo para eles esta ruim praga.
    Sê nosso guia dos bens para cima
    com Deuses, Terra, Justiça vitoriosa."
    Com tais súplicas verto estas libações;

ὑμᾶς δὲ κωκυτοῖς ἐπανθίζειν νόμος, 150
παιᾶνα τοῦ θανόντος ἐξαυδωμένας.

Χο. ἵετε δάκρυ καναχὲς ὀλόμενον
ὀλομένωι δεσπόται
πρὸς ῥεῦμα τόδε κεδνῶν κακῶν τ᾽
ἀπότροπον, ἄγος ἀπεύχετον 155
κεχυμένων χοᾶν.
κλύε δέ μοι σέβας, κλύ᾽, ὦ δέσποτ᾽, ἐξ
ἀμαυρᾶς φρενός.
ὀτοτοτοτοτοῖ·
ἴτω τις δορυσθενὴς ἀνὴρ 160
ἀναλυτὴρ δόμων †Σκυθιτά τ᾽ ἐν χεροῖν
παλίντον᾽ ἐν ἔργωι† βέλη ᾽πιπάλλων Ἄρης
σχέδιά τ᾽ αὐτόκωπα νωμῶν ξίφη.

Ηλ. ἔχει μὲν ἤδη γαπότους χοὰς πατήρ· 164
νέου δὲ μύθου τοῦδε κοινωνήσατε. 166
Χο. λέγοις ἄν· ὀρχεῖται δὲ καρδία φόβωι.
Ηλ. ὁρῶ τομαῖον τόνδε βόστρυχον τάφωι.
Χο. τίνος ποτ᾽ ἀνδρὸς ἢ βαθυζώνου κόρης;
Ηλ. εὐξύμβολον τόδ᾽ ἐστὶ παντὶ δοξάσαι. 170
Χο. πῶς οὖν παλαιὰ παρὰ νεωτέρας μάθω;
Ηλ. οὐκ ἔστιν ὅστις πλὴν ἐμοῦ κείραιτό νιν.
Χο. ἐχθροὶ γὰρ οἷς προσῆκε πενθῆσαι τριχί.
Ηλ. καὶ μὴν ὅδ᾽ ἐστὶ κάρτ᾽ ἰδεῖν ὁμόπτερος
Χο. ποίαις ἐθείραις; τοῦτο γὰρ θέλω μαθεῖν. 175
Ηλ. αὐτοῖσιν ἡμῖν κάρτα προσφερὴς ἰδεῖν.
Χο. μῶν οὖν Ὀρέστου κρύβδα δῶρον ἦν τόδε;
Ηλ. μάλιστ᾽ ἐκείνου βοστρύχοις προσείδεται.
Χο. καὶ πῶς ἐκεῖνος δεῦρ᾽ ἐτόλμησεν μολεῖν;
Ηλ. ἔπεμψε χαίτην κουρίμην χάριν πατρός. 180
Χο. οὐχ ἧσσον εὐδάκρυτά μοι λέγεις τάδε,
εἰ τῆσδε χώρας μήποτε ψαύσει ποδί.
Ηλ. κἀμοὶ προσέστη καρδίαι κλυδώνιον
χολῆς, ἐπαίθην δ᾽ ὡς διανταίωι βέλει,

84

é costume floreardes com lamentos 150
enquanto proferis o peã do morto.

Co. Lançai lágrima estrídula perdida
pelo perdido senhor
junto a este fluxo de bens, e de males
repulsor, sacrifício deprecado 155
das vertidas libações.
Ouve-me, Venerável, ouve, ó Senhor,
de vosso turvo espírito.
Ototototototoî!
Venha forte lanceiro 160
livrar o palácio, nas mãos arco cita
retroflexo ao agir sagitário Ares,
púgil a manejar cabo de gládio.

El. O pai já tem libações, poção da terra. 164
Comungai, porém, nesta nova palavra. 166
Co. Digas! O coração palpita de pavor.
El. Vejo esta madeixa cortada na tumba.
Co. De que homem ou moça de funda cintura?
El. Bom sinal isto pode parecer a todos. 170
Co. Como aprender, velha junto à jovem?
El. Não há quem além de mim cortaria?
Co. Tem ódio quem devia oferecer cabelo.
El. Ora, isto é pluma símil de se ver.
Co. A quais cabelos? Isto quero saber. 175
El. A nós mesmas muito símil de se ver.
Co. Isto seria oculta dádiva de Orestes?
El. Muito se assemelha às madeixas dele.
Co. E como teve ousadia de vir aqui?
El. Enviou a crina cortada por amor do pai. 180
Co. Isto me dizes, não menos deplorável,
se não puser mais o pé neste lugar.
El. Também ao meu coração chegou onda
de bílis e feriu qual transverso dardo,

ἐξ ὀμμάτων δὲ δίψιοι πίπτουσί μοι 185
σταγόνες ἄφαρκτοι δυσχίμου πλημυρίδος
πλόκαμον ιδούσηι τόνδε· πῶς γὰρ ἐλπίσω
ἀστῶν τιν' ἄλλον τῆσδε δεσπόζειν φόβης;
ἀλλ' οὐδὲ μήν νιν ἡ κτανοῦσ' ἐκείρατο,
ἐμή γε μήτηρ, οὐδαμῶς ἐπώνυμον 190
φρόνημα παισὶ δύσθεον πεπαμένη.
ἐγὼ δ' ὅπως μὲν ἄντικρυς τάδ' αἰνέσω,
εἶναι τόδ' ἀγλάισμά μοι τοῦ φιλτάτου
βροτῶν Ὀρέστου· σαίνομαι δ' ὑπ' ἐλπίδος.
φεῦ·
εἴθ' εἶχε φωνὴν ἔμφρον' ἀγγέλου δίκην, 195
ὅπως δίφροντις οὖσα μὴ 'κινυσσόμην,
ἀλλ' εὖ σάφ' ἤινει τόνδ' ἀποπτύσαι πλόκον
εἴπερ γ' ἀπ' ἐχθροῦ κρατὸς ἦν τετμημένος,
ἢ ξυγγενὴς ὢν εἶχε συμπενθεῖν ἐμοί,
ἄγαλμα τύμβου τοῦδε καὶ τιμὴν πατρός. 200
ἀλλ' εἰδότας μὲν τοὺς θεοὺς καλούμεθα
οἵοισιν ἐν χειμῶσι ναυτίλων δίκην
στροβούμεθ'. εἰ δὲ χρὴ τυχεῖν σωτηρίας,
σμικροῦ γένοιτ' ἂν σπέρματος μέγας πυθμήν.
καὶ μὴν στίβοι γε, δεύτερον τεκμήριον, 205
ποδῶν, ὁμοῖοι, τοῖς τ' ἐμοῖσιν ἐμφερεῖς·
καὶ γὰρ δύ' ἐστὸν τώδε περιγραφὰ ποδοῖν,
αὐτοῦ τ' ἐκείνου καὶ συνεμπόρου τινός·
πτέρναι τενόντων θ' ὑπογραφαὶ μετρούμεναι
εἰς ταὐτὸ συμβαίνουσι τοῖς ἐμοῖς στίβοις· 210
πάρεστι δ' ὠδὶς καὶ φρενῶν καταφθορά.
Ορ. εὔχου τὰ λοιπά, τοῖς θεοῖς τελεσφόρους
εὐχὰς ἐπαγγέλλουσα, τυγχάνειν καλῶς.
Ηλ. ἐπεὶ τί νῦν ἔκατι δαιμόνων κυρῶ;
Ορ. εἰς ὄψιν ἥκεις ὧνπερ ἐξηύχου πάλαι. 215
Ηλ. καὶ τίνα σύνοισθά μοι καλουμένηι βροτῶν;
Ορ. σύνοιδ' Ὀρέστην πολλά σ' ἐκπαγλουμένην.
Ηλ. καὶ πρὸς τί δῆτα τυγχάνω κατευγμάτων;
Ορ. ὅδ' εἰμί· μὴ μάτευ' ἐμοῦ μᾶλλον φίλον.

dos meus olhos tombam sedentas gotas 185
incoercíveis de tempestuosa torrente
ao ver esta madeixa: como esperar
outro cidadão ser dono desta fronde?
Contudo, não a cortaria quem o matou,
minha mãe, nome de todo impróprio, 190
por seu intento ímpio contra os filhos.
Mas eu, como anuir direto a isto,
ser este adorno do mortal que eu mais
amo, Orestes? Festeja-me a Esperança.
Pheû!
Tivesse voz prudente como de mensageiro, 195
para que eu não flutuasse na dúvida,
mas bem claro dissesse repelir este cacho,
se foi cortado da cabeça do inimigo,
ou, se é parente, pudesse prantear comigo,
ornamento deste túmulo e honra ao pai. 200
Mas invocamos os Deuses conhecedores
das tempestades em que como marujos
rodopiamos. Se devemos lograr salvação,
de breve semente surgiria grande tronco.
Eis vestígios — segundo indício — 205
de pés, similares, e parecidos aos meus,
pois estes dois traços são de dois pés,
dele mesmo e de algum companheiro;
talões e traços de nervos, quando medidos,
coincidem no mesmo com minhas pegadas. 210
Está aqui a dor e a perdição do espírito.
Or. Pede no porvir por ser feliz, e aos Deuses
declara portadoras de remate as tuas preces.
El. Qual ganho tenho agora dos Numes?
Or. Vens à vista daqueles por que suplicavas. 215
El. E tu sabes comigo por que mortal clamo?
Or. Sei contigo que muito admiravas Orestes.
El. E por que afinal logro minhas preces?
Or. Sou ele, não busques mais perto que eu.

Ηλ. ἀλλ᾽ ἦ δόλον τιν᾽, ὦ ξέν᾽, ἀμφί μοι πλέκεις;   220
Ορ. αὐτὸς κατ᾽ αὐτοῦ τἆρα μηχανορραφῶ.
Ηλ. ἀλλ᾽ ἐν κακοῖσι τοῖς ἐμοῖς γελᾶν θέλεις;
Ορ. κἀν τοῖς ἐμοῖς ἄρ᾽, εἴπερ ἕν γε τοῖσι σοῖς.
Ηλ. ὡς ὄντ᾽ Ὀρέστην γάρ σ᾽ ἐγὼ προσεννέπω;
Ορ. αὐτὸν μὲν οὖν ὁρῶσα δυσμαθεῖς ἐμέ,   225
κουρὰν δ᾽ ἰδοῦσα τήνδε κηδείου τριχὸς
ἰχνοσκοποῦσά τ᾽ ἐν στίβοισι τοῖς ἐμοῖς   [228]
ἀνεπτερώθης κἀδόκεις ὁρᾶν ἐμέ.   [227]
σκέψαι τομῆι προσθεῖσα βόστρυχον τριχὸς   [230]
σαυτῆς ἀδελφοῦ σύμμετρον τῶι σῶι κάραι·   [229] 230
ἰδοῦ δ᾽ ὕφασμα τοῦτο, σῆς ἔργον χερός,
σπάθης τε πληγὰς ἠδὲ θήρειον γραφή.
ἔνδον γενοῦ, χαρᾶι δὲ μὴ ᾽κπλαγῆις φρένας,
τοὺς φιλτάτους γὰρ οἶδα νῶιν ὄντας πικρούς.
Ηλ. ὦ φίλτατον μέλημα δώμασιν πατρός,   235
δακρυτὸς ἐλπὶς σπέρματος σωτηρίου,
ἀλκῆι πεποιθὼς δῶμ᾽ ἀνακτήσηι πατρός.
ὦ τερπνὸν ὄμμα τέσσαρας μοίρας ἔχον
ἐμοί, προσαυδᾶν δ᾽ ἔστ᾽ ἀναγκαίως ἔχον
πατέρα σέ, καὶ τὸ μητρὸς ἐς σέ μοι ῥέπει   240
στέργηθρον, ἡ δὲ πανδίκως ἐχθαίρεται,
καὶ τῆς τυθείσης νηλεῶς ὁμοσπόρου·
πιστὸς δ᾽ ἀδελφὸς ἦσθ᾽ ἐμοὶ σέβας φέρων·
μόνον Κράτος τε καὶ Δίκη σὺν τῶι τρίτωι
πάντων μεγίστωι Ζηνὶ συγγένοιτό μοι.   245
Ορ. Ζεῦ Ζεῦ, θεωρὸς τῶνδε πραγμάτων γενοῦ,
ἰδοῦ δὲ γένναν εὖνιν αἰετοῦ πατρὸς
θανόντος ἐν πλεκταῖσι καὶ σπειράμασιν
δεινῆς ἐχίδνης· τοὺς δ᾽ ἀπωρφανισμένους
νῆστις πιέζει λιμός· οὐ γὰρ ἐντελεῖς   250
θήραν πατρώιαν προσφέρειν σκηνήμασιν.
οὕτω δὲ κἀμὲ τήνδε τ᾽, Ἠλέκτραν λέγω,
ἰδεῖν πάρεστί σοι, πατροστερῆ γόνον,
ἄμφω φυγὴν ἔχοντε τὴν αὐτὴν δόμων.
καίτοι θυτῆρος καί σε τιμῶντος μέγα   255

88

El. Tramas um dolo contra mim, ó estranho?   220
Or. Urdirei ardis então contra mim mesmo.
El. Mas no meio de meus males queres rir?
Or. No meio dos meus, então, se é dos teus.
El. Eu devo te saudar porque és Orestes?
Or. Quando vês a mim mesmo, mal reconheces,   225
    mas ao vires esta mecha de cabelo na tumba,
    e sondares vestígios de minhas pegadas,   [228]
    arrepiaste as asas e creste que me vias.   [227]
    Examina perto do corte a madeixa   [230]
    de teu irmão, parecida com tua cabeça.   [229] 230
    Vê esta veste trabalhada por tua mão,
    a imagem animal da espátula e batente.
    Domina-te, não te aturda o júbilo,
    sei que os parentes nos são amargos.
El. Ó querido cuidado do palácio paterno,   235
    pranteada esperança de semente salvadora,
    com fé na força recobrarás o lar paterno.
    Ó prazerosa visão de quatro destinos:
    para mim, é necessário que te saúde
    qual a um pai, e pende para ti o meu amor   240
    pela mãe, que com toda justiça odeio,
    e o amor pela irmã sacrificada sem dó,
    fiel irmão eras meu, a impor reverência.
    Só Poder e Justiça junto com o terceiro,
    o maior de todos, Zeus, estejam comigo.   245
Or. Zeus, Zeus, sê testemunha desta situação,
    vê a prole órfã da águia, quando o pai
    morreu nos enlaces e nas espirais
    de medonha víbora, e a fome jejuna
    oprime os órfãos, não ainda capazes   250
    de trazer ao ninho a preia paterna.
    Assim também podes me ver, a mim
    e a esta Electra, filhos privados de pai,
    tendo ambos o mesmo exílio do palácio.
    Destruídos, porém, estes filhotes do pai   255

πατρὸς νεοσσοὺς τούσδ' ἀποφθείρας πόθεν
ἕξεις ὁμοίας χειρὸς εὔθοινον γέρας;
οὔτ' αἰετοῦ γένεθλ' ἀποφθείρας πάλιν
πέμπειν ἔχοις ἂν σήματ' εὐπιθῆ βροτοῖς,
οὔτ' ἀρχικός σοι πᾶς ὅδ' αὐανθεὶς πυθμὴν 260
βωμοῖς ἀρήξει βουθύτοις ἐν ἤμασιν.
κόμιζ', ἀπὸ σμικροῦ δ' ἂν ἄρειας μέγαν
δόμον, δοκοῦντα κάρτα νῦν πεπτωκέναι.
Χο. ὦ παῖδες, ὦ σωτῆρες ἑστίας πατρός,
σιγᾶθ', ὅπως μὴ πεύσεταί τις, ὦ τέκνα, 265
γλώσσης χάριν δὲ πάντ' ἀπαγγελεῖ τάδε
πρὸς τοὺς κρατοῦντας· οὓς ἴδοιμ' ἐγώ ποτε
θανόντας ἐν κηκῖδι πισσήρει φλογός.
Ορ. οὔτοι προδώσει Λοξίου μεγασθενὴς
χρησμὸς κελεύων τόνδε κίνδυνον περᾶν, 270
κἀξορθιάζων πολλά, καὶ δυσχειμέρους
ἄτας ὑφ' ἧπαρ θερμὸν ἐξαυδώμενος,
εἰ μὴ μέτειμι τοῦ πατρὸς τοὺς αἰτίους
τρόπον τὸν αὐτόν, ἀνταποκτεῖναι λέγων·
αὐτὸν δ' ἔφασκε τῆι φίληι ψυχῆι τάδε [276] 275
τείσειν μ' ἔχοντα πολλὰ δυστερπῆ κακά, [277]
ἀποχρημάτοισι ζημίαις ταυρούμενον· [275]
τὰ μὲν γὰρ ἐκ γῆς δυσφρόνων μειλίγματα
βροτοῖς πιφαύσκων εἶπέ, τὰς δ' αἰνῶν νόσους,
σαρκῶν ἐπαμβατῆρας ἀγρίαις γνάθοις, 280
λειχῆνας ἐξέσθοντας ἀρχαίαν φύσιν,
λεύκας δὲ κόρσαις τῆιδ' ἐπαντέλλειν νόσωι,
ἄλλας τ' ἐφώνει προσβολὰς Ἐρινύων
ἐκ τῶν πατρώιων αἱμάτων τελουμένας

†ὁρῶντα λαμπρὸν ἐν σκότωι νωμῶντ' ὀφρύν†. 285
τὸ γὰρ σκοτεινὸν τῶν ἐνερτέρων βέλος
ἐκ προστροπαίων ἐν γένει πεπτωκότων
καὶ λύσσα καὶ μάταιος ἐκ νυκτῶν φόβος
κινεῖ ταράσσει καὶ διωκάθει πόλεως
χαλκηλάτωι πλάστιγγι λυμανθὲν δέμας. 290

sacrificante que te honrou muito,
de que símil braço terás lauto lote?
Destruída a geração da águia, de novo
não enviarias signos fiéis aos mortais;
uma vez seca toda esta régia estirpe,   260
nem servirá a altares em dias sagrados.
Olha por nós, do pouco erguerias grande
palácio que parece agora estar caído.

Co. Ó crianças, ó salvadores do lar paterno,
calai, para que ninguém saiba, o filhos,   265
e por amor de falar anuncie tudo isto
aos poderosos. Que eu os veja um dia
mortos no licor de piche flamejante.

Or. Não nos trairá o oráculo plenipotente
de Lóxias, ao impelir a este perigo   270
com muitos brados e ao proclamar
tormentosa erronia no cálido fígado,
se não punir os culpados de meu pai
dando-lhes por sua vez a mesma morte,
e disse que em minha própria pessoa   [276] 275
eu o pagaria com muitos tristes males,   [277]
feito um touro sem bens por castigo.   [275]
Anunciando disse as delícias dos díscolos
da terra aos mortais, disse as doenças
atacarem a carne com ferozes maxilas,   280
lepras devorarem a originária natureza,
cãs pungirem nas têmporas com esta doença,
e falou que outros assaltos de Erínies
perpetram-se pelo paterno sangue.

. . . .

a ver e mover nas trevas brilhante olho.   285
O dardo tenebroso de sob a terra
vindo de súplices parentes caídos
e a fúria e o inane pavor noturno
aturdem, atordoam, expulsam da cidade
com brônzeo açoite quem se poluiu.   290

καὶ τοῖς τοιούτοις οὔτε κρατῆρος μέρος
εἶναι μετασχεῖν, οὐ φιλοσπόνδου λιβός,
βωμῶν δ' ἀπείργειν οὐχ ὁρωμένην πατρὸς
μῆνιν, δέχεσθαι δ' οὔτε συλλύειν τινά,
πάντων δ' ἄτιμον κἄφιλον θνήισκειν χρόνωι   295
κακῶς ταριχευθέντα παμφθάρτωι μόρωι.
τοιοῖσδε χρησμοῖς ἆρα χρὴ πεποιθέναι;
κεἰ μὴ πέποιθα, τοὖργόν ἐστ' ἐργαστέον·
πολλοὶ γὰρ εἰς ἓν συμπίτνουσιν ἵμεροι,
θεοῦ τ' ἐφετμαὶ καὶ πατρὸς πένθος μέγα,   300
καὶ πρὸς πιέζει χρημάτων ἀχηνία,
τὸ μὴ πολίτας εὐκλεεστάτους βροτῶν,
Τροίας ἀναστατῆρας εὐδόξωι φρενί,
δυοῖν γυναικοῖν ὧδ' ὑπηκόους πέλειν·
θήλεια γὰρ φρήν· εἰ δὲ μή, τάχ' εἴσεται.   305

Χο. ἀλλ' ὦ μεγάλαι Μοῖραι, Διόθεν
τῆιδε τελευτᾶν,
ἧι τὸ δίκαιον μεταβαίνει·
ἀντὶ μὲν ἐχθρᾶς γλώσσης ἐχθρὰ
γλῶσσα τελείσθω· τοὐφειλόμενον   310
πράσσυσα Δίκη μέγ' αὐτεῖ·
ἀντὶ δὲ πληγῆς φονίας φονίαν
πληγὴν τινέτω. δράσαντα παθεῖν,
τριγέρων μῦθος τάδε φωνεῖ.

E assim não lhes ser possível participar
nem do vinho nem do fluxo libatório
e afastá-los de altares não vista cólera
paterna, nem receber nem hospedar-se,
e de todo sem honras nem amigos morrer   295
em má hora ressecado por ruinosa morte.
Não se deve confiança a tais oráculos?
Até sem confiança, o ato há de se fazer.
Muitos desejos convergem neste ponto:
as ordens do Deus, o grave luto pelo pai,   300
e ainda oprime a carência de recursos,
e os cidadãos mais gloriosos dos mortais,
eversores de Tróia com celebrado espírito,
não estarem assim sob duas mulheres;
fêmeo é seu espírito, se não sabe, saberá.   305

Co. Ó grandes Porções, por Zeus,
que o término esteja aqui
aonde o justo se transporta.
Com odiosa língua, odiosa
língua se pague, a Justiça   310
ao cobrar dívida proclama.
Com pancada letal, letal
pancada se puna. Sofra o que fez,
assim fala a velha palavra.

Ορ. ὦ πάτερ αἰνόπατερ, τί σοι   [στρ. α
     φάμενος ἢ τί ῥέξας   316
     τύχοιμ' ἄγκαθεν οὐρίσας
     ἔνθα σ' ἔχουσιν εὐναί;
     σκότωι φάος ἀντίμοι-
        ρον, χάριτες δ' ὁμοίως   320
     κέκληνται γόος εὐκλεὴς
     †προσθοδόμοις† Ἀτρείδαις.

Χο. τέκνον, φρόνημα τοῦ θανόντος οὐ δαμά-   [στρ. β
        ζει πυρὸς μαλερὰ γνάθος,   325
     φαίνει δ' ὕστερον ὀργάς·
     ὀτοτύζεται δ' ὁ θνήισκων,
     ἀναφαίνεται δ' ὁ βλάπτων,
     πατέρων δὲ καὶ τεκόντων
     γόος ἔνδικος ματεύει   330
     ποινὰν ἀμφιλαφῶς ταραχθείς.

Ηλ. κλῦθί νυν ὦ πάτερ, ἐν μέρει   [ἀντ. α
     πολυδάκρυτα πένθη·
     δίπαις τοί σ' ἐπιτύμβιος
     θρῆνος ἀναστενάζει.   335
     τάφος δ' ἱκέτας δέδε-
        κται φυγάδας θ' ὁμοίως·
     τί τῶνδ' εὖ, τί ἄτερ κακῶν;
     οὐκ ἀτρίακτος ἄτα;
Χο. ἀλλ' ἔτ' ἂν ἐκ τῶνδε θεὸς χρήιζων   340
     θείη κελάδους εὐφθογγοτέρους,
     ἀντὶ δὲ θρήνων ἐπιτυμβιδίων
     παιὼν μελάθροις ἐν βασιλείοις
     νεοκρᾶτα φίλον κομίσειεν.

94

KOMMÓS

Or. Ó pai, mísero pai, com que   EST. 1
palavra ou com que feito   316
lograria trazer-te de lá
onde te retém o repouso?
Luz vem em vez de trevas,
graças do mesmo modo   320
se chama o pranto glorioso
junto aos prístinos Atridas.

Co. Filho, a maxila veemente do fogo   EST. 2
não domina a mente do morto,   325
a cólera depois se mostra:
deplora-se quem morre,
ressurge quem fere.
Por seus pais e genitores
o lamento legítimo busca   330
punição, amplo e turvo.

El. Ouve-nos, ó pai, de nossa parte   ANT. 1
dores muitas vezes pranteadas.
Sobre o túmulo te lastima
a lamúria de dois filhos.   335
A tumba recebe súplices
e êxules do mesmo modo.
Que nisto é bem? Que há sem males?
Não está invicta a erronia?

Co. Mas ainda nisto se Deus quiser   340
tornaria o clamor mais alegre
e em vez de pranto sobre o túmulo
o peã dentro do palácio real
sirva da cratera amistoso vinho.

Ορ. εἰ γὰρ ὑπ' Ἰλίωι   [στρ. γ
     πρός τινος Λυκίων, πάτερ,   346
     δορίτμητος κατηναρίσθης·
     λιπὼν ἂν εὔκλειαν ἐν δόμοισιν
     τέκνων τ' ἐν κελεύθοις
          ἐπιστρεπτὸν αἰῶ   350
     κτίσας πολύχωστον ἂν εἶχες
     τάφον διαποντίου γᾶς
     δώμασιν εὐφόρητον.

Χο. φίλος φίλοισι τοῖς ἐκεῖ καλῶς θανοῦ-   [ἀντ. β
     σιν, κατὰ χθονὸς ἐμπρέπων   355
     σεμνότιμος ἀνάκτωρ
     πρόπολός τε τῶν μεγίστων
     χθονίων ἐκεῖ τυράννων·
     βασιλεὺς γὰρ ἦσθ' ὄφρ' ἔζης   360
     μόριμον λάχος †πιμπλάντων
     χεροῖν πεισίβροτόν τε βάκτρον†.

Ηλ. μηδ' ὑπὸ Τρωίας   [ἀντ. γ
     τείχεσι φθίμενος, πάτερ,
     μετ' ἄλλωι δουρικμῆτι λαῶι   365
     παρὰ Σκαμάνδρου πόρον τεθάφθαι·
     πάρος δ' οἱ κτανόντες
          νιν οὕτως δαμῆναι
     ⟨   ⟩ θανατηφόρον αἶσαν
     πρόσω τινὰ πυνθάνεσθαι   370
     τῶνδε πόνων ἄπειρον.

Χο. ταῦτα μέν, ὦ παῖ, κρείσσονα χρυσοῦ,
     μεγάλης δὲ τύχης καὶ ὑπερβορέου
     μείζονα φωνεῖς· δύνασαι γάρ.
     ἀλλὰ διπλῆς γὰρ τῆσδε μαράγνης   375
     δοῦπος ἱκνεῖται· τῶν μὲν ἀρωγοὶ
     κατὰ γῆς ἤδη, τῶν δὲ κρατούντων
     χέρες οὐχ ὅσιαι †στυγερῶν τούτων
     παισὶ δὲ μᾶλλον γεγένηται†.

96

Or. Ah, se no sopé de Ílion EST. 3
golpeado por lança de um lício 346
tivesses perecido, ó pai!
Legada bela glória no palácio
e nos caminhos dos filhos criada
vida a que se voltam olhares, 350
terias túmulo magnífico
em terra ultramarina,
suportável ao palácio.

Co. Amigo de amigos que lá em bela morte ANT. 2
caíram, conspícuo sob o chão, 355
venerando soberano
e auxiliar dos maiores
subterrâneos senhores do além,
foste enquanto viveste rei 360
dos preenchedores do lote fatídico
com os braços, rei do cetro persuasivo.

El. Nem sob os muros de Tróia ANT. 3
com outros bravos mortos por lança
tivesses perecido, ó pai, 365
sepultado perto do rio Escamandro,
mas antes os teus homicidas
assim sucumbissem
a mortífera sorte
para tornar-se longe notícia 370
sem experiência destes males.

Co. Isso, sim, melhor que ouro,
maior que grande sorte hiperbórea,
dizes, ó filha, pois podes dizer.
Mas o estrépito deste duplo açoite 375
faz sua súplica: os seus defensores
sob a terra estão, e dos poderosos
as mãos não são puras, hediondos
para os filhos mais se tornaram.

Ορ. τοῦτο διαμπερὲς οὖς [στρ. δ
ἵκεθ᾽ ἅπερ τε βέλος· 381
Ζεῦ Ζεῦ, κάτωθεν ἀμπέμπειν
ὑστερόποινον ἄταν
βροτῶν τλήμονι καὶ πανούργωι
χειρί· τοκεῦσι δ᾽ ὅμως τελεῖαι. 385

Χο. ἐφυμνῆσαι γένοιτό μοι πευ- [στρ. ε
κάεντ᾽ ὀλολυγμὸν ἀνδρὸς
θεινομένου γυναικός
τ᾽ ὀλλυμένας· τί γὰρ κεύ-
θω φρενὸς οἷον ἔμπας
ποτᾶται πάροιθ᾽; ἐκ δὲ πρώιρας 390
δριμὺς ἄηται κραδίας
θυμός, ἔγκοτον στύγος.

Ηλ. καὶ πότ᾽ ἂν ἀμφιθαλὴς [ἀντ. δ
Ζεὺς ἐπὶ χεῖρα βάλοι, 395
φεῦ φεῦ, κάρανα δαΐξας;
πιστὰ γένοιτο χώραι.
δίκαν δ᾽ ἐξ ἀδίκων ἀπαιτῶ·
κλῦτε δὲ Γᾶ χθονίων τε τιμαί.

Χο. ἀλλὰ νόμος μὲν φονίας σταγόνας 400
χυμένας ἐς πέδον ἄλλο προσαιτεῖν
αἷμα· βοᾶι γὰρ λοιγὸς Ἐρινὺν
παρὰ τῶν πρότερον φθιμένων ἄτην
ἑτέραν ἐπάγουσαν ἐπ᾽ ἄτηι.

Ορ. πόποι δᾶ νερτέρων τυραννίδες· [στρ. ζ
πολυκρατεῖς ἴδεσθε φθιμένων Ἀραί, 406
ἴδεσθ᾽ Ἀτρειδᾶν τὰ λοίπ᾽ ἀμηχάνως
ἔχοντα καὶ δωμάτων ἄτιμα· πᾶι
τις τράποιτ᾽ ἄν, ὦ Ζεῦ;

Χο. πέπαλται δαῦτέ μοι φίλον κῆρ, [ἀντ. ε

98

Or. Isso atingiu meus ouvidos   EST. 4
direto como um dardo.   381
Zeus, Zeus, envia dos ínferos
a tardia punitiva erronia
à mísera e perversa mão humana;
pelos pais, porém, há de pagar.   385

Co. Possa eu hinear o alarido   EST. 5
lancinante do homem
morto e da mulher
extinta. Por que ocultar
no espírito o que todavia
voa na frente? Da proa   390
sopra o áspero ímpeto
do coração, rancoroso horror.

El. E quando Zeus frondoso   ANT. 4
lançaria seu braço   395
a quebrar crânios? *Pheû ! Pheû !*
Fé possa haver na região!
Peço justiça das injustiças.
Ouve, ó Terra e poderes ctônios.

Co. Mas sói que gotas sangrentas   400
vertidas no chão pedem outro
sangue: exício grita por Erínis
a trazer dos anteriores finados
outra erronia à erronia.

Or. *Pópoi dâ !* Soberanas dos ínferos!   EST. 6
Vede, poderosas Preces dos finados,   406
vede o porvir dos Atridas sem meios
nem honras, banidos do palácio.
Ó Zeus, por onde se poderia virar?

Co. Sobressalta-se o meu coração,   ANT. 5

τόνδε κλύουσαν οἶκτον· 411
καὶ τότε μὲν δύσελπις,
σπλάγχνα δέ μοι κελαινοῦ-
ται πρὸς ἔπος κλυούσαι·
ὅταν δ᾽ αὖτ᾽ †ἐπαλκὲς θραρέ† 415
⟨   ⟩ ἀπέστασεν ἄχος
†πρὸς τὸ φανεῖσθαι† μοι καλῶς.

Ηλ. τί δ᾽ ἂν φάντες τύχοιμεν; ἦ τάπερ [ἀντ. ζ
πάθομεν ἄχεα πρός γε τῶν τεκομένων;
πάρεστι σαίνειν, τὰ δ᾽ οὔτι θέλγεται· 420
λύκος γὰρ ὥστ᾽ ὠμόφρων ἄσαντος ἐκ
ματρός ἐστι θυμός.

Χο. ἔκοψα κομμὸν Ἄριον ἔν τε Κισσίας [στρ. η
νόμοις ἰηλεμιστρίας·
ἀπρικτόπληκτα πολυπάλακτα δ᾽ ἦν ἰδεῖν 425
ἐπασσυτεροτριβῆ τὰ χερὸς ὀρέγματα
ἄνωθεν ἀνέκαθεν, κτύπωι δ᾽ ἐπερρόθει
κροτητὸν ἀμὸν καὶ πανάθλιον κάρα.

Ηλ. ἰὼ ἰὼ δαΐα [στρ. θ
πάντολμε μᾶτερ, δαΐαις ἐν ἐκφοραῖς 430
ἄνευ πολιτᾶν ἄνακτ᾽
ἄνευ δὲ πενθημάτων
ἔτλας ἀνοίμωκτον ἄνδρα θάψαι.

Ορ. τὸ πᾶν ἀτίμως ἔρεξας, οἴμοι, [στρ. ι
πατρὸς δ᾽ ἀτίμωσιν ἄρα τείσεις 435
ἕκατι μὲν δαιμόνων,
ἕκατι δ᾽ ἀμᾶν χερῶν·
ἔπειτ᾽ ἐγὼ νοσφίσας ⟨σ᾽⟩ ὀλοίμαν.

Χο. ἐμασχαλίσθη δέ γ᾽, ὡς τόδ᾽ εἰδῆις· [ἀντ. ι
ἔπρασσε δ᾽ ἄπερ νιν ὧδε θάπτει, 440
μόρον κτίσαι μωμένα

100

quando ouço esta lamúria, 411
e fica difícil a esperança.
Minhas entranhas ensombrecem
por ouvir a palavra.
Quando, porém, exortou forte, 415
afastou a aflição,
a bem se me mostrar.

El. Que diríamos de fato? As aflições ANT. 6
que sofremos por nossos pais?
Pode afagar, não ficam doces, 420
pois qual lobo cruel por minha mãe
o ímpeto é implacável.

Co. Bati a batida dos árias EST. 7
à maneira de carpideiras císsias,
e podia-se ver perpétua percussão salpicada 425
de sangue dos golpes e golpes de tensas mãos
de cima, do alto, e com estrondo ressoava
fragorosa e mísera a minha cabeça.

El. *Iò! Iò!* Inimiga EST. 8
atrevida mãe, nos tristes funerais 430
sem os concidadãos
nem os cantos fúnebres
ousou sepultar sem pranto o rei seu marido.

Or. Perpetraste toda a desonra, *oimoi!* EST. 9
E pagarás pela desonra do pai 435
graças aos Numes,
graças aos meus braços.
Então, que eu te afaste e elimine!

Co. Ele foi mutilado, que o saibas tu! ANT. 9
Mutilou-o quem assim o sepultou 440
no anseio de tornar a morte

ἄφερτον αἰῶνι σῶι·
κλύεις πατρώιους δύας ἀτίμους.

Ηλ. λέγεις πατρῶιον μόρον· ἐγὼ δ' ἀπεστάτουν   [ἀντ. η
ἄτιμος, οὐδὲν ἀξία,   445
μυχῶι δ' ἄφερκτος πολυσινοῦς κυνὸς δίκαν
ἑτοιμότερα γέλωτος ἀνέφερον λίβη
χέουσα πολύδακρυν γόον κεκρυμμένα.
τοιαῦτ' ἀκούων (   ) ἐν φρεσὶν γράφου.   450

Χο. ⟨γράφου⟩, δι' ὤτων δὲ συν-   [ἀντ. θ
τέτραινε μῦθον ἡσύχωι φρενῶν βάσει·
τὰ μὲν γὰρ οὕτως ἔχει,
τὰ δ' αὐτὸς ὄργα μαθεῖν·
πρέπει δ' ἀκάμπτωι μένει καθήκειν.   455

Ορ. σέ τοι λέγω, ξυγγενοῦ πάτερ φίλοις.   [στρ. κ
Ηλ. ἐγὼ δ' ἐπιφθέγγομαι κεκλαυμένα.
Χο. στάσις δὲ πάγκοινος ἅδ' ἐπιρροθεῖ·
ἄκουσον ἐς φάος μολών,
ξὺν δὲ γενοῦ πρὸς ἐχθρούς.   460

Ορ. Ἄρης Ἄρει ξυμβαλεῖ, Δίκαι Δίκα.   [ἀντ. κ
Ηλ. ἰὼ θεοί, κραίνετ' ἐνδίκως ⟨λιτάς⟩.
Χο. τρόμος μ' ὑφέρπει κλύουσαν εὐγμάτων·
τὸ μόρσιμον μένει πάλαι,
εὐχομένοις δ' ἂν ἔλθοι.   465

ὢ πόνος ἐγγενής,   [στρ. λ
καὶ παράμουσος ἄτας
αἱματόεσσα πλαγά,
ἰὼ δύστον' ἄφερτα κήδη,
ἰὼ δυσκατάπαυστον ἄλγος.   470

δώμασιν ἔμμοτον   [ἀντ. λ
τῶνδ' ἄκος οὐκ ἀπ' ἄλλων

insuportável para tua vida.
Ouves misérias da desonra paterna.

El. Contas a morte do pai, eu estava longe   ANT. 7
desonrada sem nenhum valor   445
e exclusa no fundo qual um cão maléfico
trazia mais pronto lágrimas que riso
a verter às ocultas profuso pranto.
Ouve tais coisas e grava no espírito.   450

Co. Grava e através dos ouvidos a palavra   ANT. 8
penetre o plácido pedestal do espírito,
pois isso é assim que é.
Quanto ao mais, ele mesmo arde por saber,
e convém ir à luta com inflexível furor.   455

Or. A ti te peço, ó pai, assiste os teus.   EST. 10
El. Eu também clamo, desfeita em pranto.
Co. Todo este bando junto estronda.
Vem à luz e ouve.
Assiste-nos contra inimigos.   460

Or. Ares irá contra Ares, Justiça contra Justiça   ANT. 10
El. *Iò!* Deuses, cumpri com justiça o pedido.
Co. O tremor me invade ao ouvir as preces.
O fatídico demora há muito
e por nossas preces poderia vir.   465

Ó dor dentro da família   EST. 11
e díssono sangrento
golpe de Erronia,
ió deplorável insuportável luto,
ió interminável aflição.   470

No palácio, cura por dreno   ANT. 11
disto não virá de outros

ἔκτοθεν, ἀλλ' ἀπ' αὐτῶν,
δι' ὠμὰν ἔριν αἱματηράν·
θεῶν ⟨τῶν⟩ κατὰ γᾶς ὅδ' ὕμνος.   475

ἀλλὰ κλύοντες, μάκαρες χθόνιοι,
τῆσδε κατευχῆς πέμπετ' ἀρωγὴν
παισὶν προφρόνως ἐπὶ νίκηι.

de fora, mas dele mesmo,
através de rixa cruel sangüinária.
Eis o hino dos subterrâneos Deuses.   475

Eia, ó venturosos ínferos, ouvi
esta súplica e benévolos enviai
auxílio aos filhos para vencerem.

Ορ. πάτερ τρόποισιν οὐ τυραννικοῖς θανών,
αἰτουμένωι μοι δὸς κράτος τῶν σῶν δόμων. 480
Ηλ. κἀγώ, πάτερ, τοιάνδε σου χρείαν ἔχω,
†φυγεῖν μέγαν προσθεῖσαν Αἰγίσθωι ( )†.
Ορ. οὕτω γὰρ ἄν σοι δαῖτες ἔννομοι βροτῶν
κτιζοίατ' εἰ δὲ μή, παρ' εὐδείπνοις ἔσηι
ἄτιμος ἐμπύροισι κνισωτοῖς χθονός. 485
Ηλ. κἀγὼ χοάς σοι τῆς ἐμῆς παγκληρίας
οἴσω πατρώιων ἐκ δόμων γαμηλίους,
πάντων δὲ πρῶτον τόνδε πρεσβεύσω τάφον.
Ορ. ὦ γαῖ', ἄνες μοι πατέρ' ἐποπτεῦσαι μάχην.
Ηλ. ὦ Περσέφασσα, δὸς δέ γ' εὔμορφον κράτος. 490
Ορ. μέμνησο λουτρῶν οἷς ἐνοσφίσθης, πάτερ.
Ηλ. μέμνησο δ' ἀμφίβληστρον ὡς ἐκαίνισας.
Ορ. πέδαις γ' ἀχαλκεύτοισι θηρευθείς, πάτερ.
Ηλ. αἰσχρῶς τε βουλευτοῖσιν ἐν καλύμμασιν.
Ορ. ἆρ' ἐξεγείρηι τοῖσδ' ὀνείδεσιν, πάτερ; 495
Ηλ. ἆρ' ὀρθὸν αἴρεις φίλτατον τὸ σὸν κάρα;
Ορ. ἤτοι Δίκην ἴαλλε σύμμαχον φίλοις
ἢ τὰς ὁμοίας ἀντίδος λαβὰς λαβεῖν,
εἴπερ κρατηθείς γ' ἀντινικῆσαι θέλεις.
Ηλ. καὶ τῆσδ' ἄκουσον λοισθίου βοῆς, πάτερ· 500
ἰδὼν νεοσσοὺς τούδ' ἐφημένους τάφωι
οἴκτιρε θῆλυν ἄρσενός θ' ὁμοῦ γόον.
Ορ. καὶ μὴ 'ξαλείψηις σπέρμα Πελοπιδῶν τόδε·
οὕτω γὰρ οὐ τέθνηκας οὐδέ περ θανών.
Ηλ. παῖδες γὰρ ἀνδρὶ κληδόνος σωτήριοι 505
θανόντι, φελλοὶ δ' ὣς ἄγουσι δίκτυον
τὸν ἐκ βυθοῦ κλωστῆρα σώιζοντες λίνου.
Ορ. ἄκου'· ὑπὲρ σοῦ τοιάδ' ἔστ' ὀδύρματα,
αὐτὸς δὲ σώιζηι τόνδε τιμήσας λόγον.

PRIMEIRO EPISÓDIO: CONCLUSÃO

Or. Ó pai, morto de modo não régio,
peço-te, dá-me poder em teu palácio. 480

El. Também tenho, ó pai, tal pedido a ti:
morar com o marido, já morto Egisto.

Or. Assim se fariam a ti os banquetes usuais
dos mortais; se não, entre festejados serás
sem honra nos sacrifícios olentes da terra. 485

El. E eu, de todo o meu dote, hei de trazer-te
libações nupciais ao sair da casa paterna
e acima de tudo venerarei este túmulo.

Or. Ó Terra, envia-me o pai a vigiar a batalha.

El. Ó Perséfone, dá-nos o formoso poder. 490

Or. Lembra-te do banho onde foste morto, ó pai.

El. Lembra a rede como inovaste...

Or. ... caçado com peias não de bronze, ó pai...

El. ... de modo aviltante entre astutos véus.

Or. Não te despertas com estes opróbrios, ó pai? 495

El. Não ergues a tua caríssima fronte?

Or. Envia Justiça aliada junto aos teus
ou dá-nos laçá-los com símeis laços
se queres vencido por tua vez vencer.

El. Ouve ainda este derradeiro grito, ó pai. 500
Ao ver esta prole posta junto à tumba
apieda-te do pranto fêmeo e do macho.

Or. Não apagues esta semente dos Pelópidas:
assim não estás morto nem mesmo morto.

El. Os filhos são os salvadores do clamor 505
do morto e, quais cortiças, trazem a rede
fora do fundo salvando os fios de linho.

Or. Ouve: por tua causa há tais lamentos
e tu mesmo te salva ao honrar esta fala.

Χο. καὶ μὴν ἀμεμφῆ τόνδ' ἐτείνατον λόγον, 510
τίμημα τύμβου τῆς ἀνοιμώκτου τύχης·
τὰ δ' ἄλλ', ἐπειδὴ δρᾶν κατώρθωσαι φρενί,
ἔρδοις ἂν ἤδη δαίμονος πειρώμενος.
Ορ. ἔσται· πυθέσθαι δ' οὐδέν ἐστ' ἔξω δρόμου
πόθεν χοὰς ἔπεμψεν, ἐκ τίνος λόγου 515
μεθύστερον τιμῶσ' ἀνήκεστον πάθος.
θανόντι δ' οὐ φρονοῦντι δειλαία χάρις
ἐπέμπετ'· οὐκ ἔχοιμ' ἂν εἰκάσαι τόδε·
τὰ δῶρα μείω δ' ἐστὶ τῆς ἁμαρτίας·
τὰ πάντα γάρ τις ἐκχέας ἀνθ' αἵματος 520
ἑνός, μάτην ὁ μόχθος. ὧδ' ἔχει λόγος.
θέλοντι δ', εἴπερ οἶσθ', ἐμοὶ φράσον τάδε.
Χο. οἶδ', ὦ τέκνον, παρῆ γάρ· ἔκ τ' ὀνειράτων
καὶ νυκτιπλάγκτων δειμάτων πεπαλμένη
χοὰς ἔπεμψε τάσδε δύσθεος γυνή 525
Ορ. ἦ καὶ πέπυσθε τοὔναρ ὥστ' ὀρθῶς φράσαι;
Χο. τεκεῖν δράκοντ' ἔδοξεν, ὡς αὐτὴ λέγει.
Ορ. καὶ ποῖ τελευτᾶι καὶ καρανοῦται λόγος;
Χο. ἐν σπαργάνοισι παιδὸς ὁρμίσαι δίκην.
Ορ. τίνος βορᾶς χρῄζοντα, νεογενὲς δάκος; 530
Χο. αὐτὴ προσέσχε μαστὸν ἐν τὠνείρατι.
Ορ. καὶ πῶς ἄτρωτον οὖθαρ ἦν ὑπὸ στύγους;
Χο. ὥστ' ἐν γάλακτι θρόμβον αἵματος σπάσαι.
Ορ. οὔτοι μάταιον ἂν τόδ' ὄψανον πέλοι.
Χο. ἡ δ' ἐξ ὕπνου κέκλαγγεν ἐπτοημένη, 535
πολλοὶ δ' ἀνῆιθον' ἐκτυφλωθέντες σκότωι
λαμπτῆρες ἐν δόμοισι δεσποίνης χάριν.
πέμπει δ' ἔπειτα τάσδε κηδείους χοάς,
ἄκος τομαῖον ἐλπίσασα πημάτων.
Ορ. ἀλλ' εὔχομαι γῆι τῆιδε καὶ πατρὸς τάφωι 540
τοὔνειρον εἶναι τοῦτ' ἐμοὶ τελεσφόρον.
κρίνω δέ τοί νιν ὥστε συγκόλλως ἔχειν·
εἰ γὰρ τὸν αὐτὸν χῶρον ἐκλιπὼν ἐμοὶ
οὔφις †επᾶσα σπαργανηπλείζετο†

108

Co. Sim, sem falha prolongáveis esta fala, 510
honra da tumba de não chorada sorte.
De resto, já que te alçaste à ação no ânimo,
já poderias agir a experimentar o Nume.
Or. Seja! Informar-me não está fora da pista:
por que enviou libações, por que razão 515
honrando tardia a irremediável dor?
Ao morto, se não ciente, mísera graça
enviava-se; eu não poderia imaginar isto:
as dádivas são menores do que o delito,
pois, se tudo se verte em paga do sangue 520
de um só, é frustra fatiga. Assim se fala.
Desejo que, se é que sabes, conte-me isto.
Co. Sei, ó filho, pois presenciei: por sonhos
e por noctívagos terrores sacudida
a ímpia mulher enviou estas libações. 525
Or. Soubeste do sonho de modo a contá-lo exato?
Co. Pareceu-lhe parir serpente, ela mesma fala.
Or. E aonde vai terminar e concluir a fala?
Co. Atou com faixas como a uma criança.
Or. E que nutria o recém-nascido monstro? 530
Co. Ela mesma lhe deu o seio no sonho.
Or. E como ficou ileso o úbere sob o horror?
Co. Sorveram-se com leite coágulos de sangue.
Or. Esta visão não lhe poderia vir em vão.
Co. Ela do sono lançou um grito de pavor. 535
Muitas candeias já cegas pelas trevas
refulgiam no palácio graças à senhora,
e envia então estas sepulcrais libações
esperando o remédio cortar as dores.
Or. Suplico à terra e ao túmulo paterno 540
que este sonho me seja portador de remate.
Interpreto-o de modo a ser congruente:
se surgiu do mesmo lugar que eu
a serpente e enfaixada como criança

109

καὶ μαστὸν ἀμφέχασκ᾽ ἐμὸν θρεπτήριον   545
θρόμβωι τ᾽ ἔμειξεν αἵματος φίλον γάλα,
ἡ δ᾽ ἀμφὶ τάρβει τῶιδ᾽ ἐπώιμωξεν πάθει,
δεῖ τοί νιν, ὡς ἔθρεψεν ἔκπαγλον τέρας,
θανεῖν βιαίως· ἐκδρακοντωθεὶς δ᾽ ἐγὼ
κτείνω νιν, ὡς τοὔνειρον ἐννέπει τόδε.   550
Χο. τερασκόπον δὴ τῶνδέ σ᾽ αἱροῦμαι πέρι·
γένοιτο δ᾽ οὕτως. τἄλλα δ᾽ ἐξηγοῦ φίλοις,
τοὺς μέν τι ποιεῖν, τοὺς δὲ μή τι δρᾶν λέγων.
Ορ. ἁπλοῦς ὁ μῦθος· τήνδε μὲν στείχειν ἔσω·
αἰνῶ δὲ κρύπτειν τάσδε συνθήκας ἐμάς,   555
ὡς ἂν δόλωι κτείναντες ἄνδρα τίμιον
δόλωι γε καὶ ληφθῶσιν, ἐν ταὐτῶι βρόχωι
θανόντες, ἧι καὶ Λοξίας ἐφήμισεν
ἄναξ Ἀπόλλων, μάντις ἀψευδὴς τὸ πρίν.
ξένωι γὰρ εἰκώς, παντελῆ σαγὴν ἔχων,   560
ἥξω σὺν ἀνδρὶ τῶιδ᾽ ἐφ᾽ ἑρκείους πύλας
Πυλάδηι †ξένος τε† καὶ δορύξενος δόμων·
ἄμφω δὲ φωνὴν ἥσομεν Παρνησσίδα
γλώσσης ἀυτὴν Φωκίδος μιμουμένω.
καὶ δὴ θυρωρῶν οὔτις ἂν φαιδρᾶι φρενὶ   565
δέξαιτ᾽, ἐπειδὴ δαιμονᾶι δόμος κακοῖς·
μενοῦμεν οὕτως ὥστ᾽ ἐπεικάζειν τινὰ
δόμους παραστείχοντα καὶ τάδ᾽ ἐννέπειν·
“τί δὴ πύλησι τὸν ἱκέτην ἀπείργεται
Αἴγισθος, εἴπερ οἶδεν ἔνδημος παρών;”   570
εἰ δ᾽ οὖν ἀμείψω βαλὸν ἑρκείων πυλῶν
κἀκεῖνον ἐν θρόνοισιν εὑρήσω πατρός,
ἢ καὶ μολὼν ἔπειτά μοι κατὰ στόμα
ἐρεῖ· σάφ᾽ ἴσθι, καὶ κατ᾽ ὀφθαλμοὺς καλεῖ·
πρὶν αὐτὸν εἰπεῖν “ποδαπὸς ὁ ξένος;” νεκρὸν   575
θήσω, ποδώκει περιβαλὼν χαλκεύματι·
φόνου δ᾽ Ἐρινὺς οὐχ ὑπεσπανισμένη
ἄκρατον αἷμα πίεται τρίτην πόσιν.
νῦν οὖν σὺ μὲν φύλασσε τἀν οἴκωι καλῶς,

abocanhava o seio que me nutriu 545
e mesclou leite a coágulos de sangue
e ela apavorada pranteava este mal,
porque nutriu hórrido prodígio, deve
ter morte violenta e tornado serpente
eu mato-a — como conta este sonho. 550

Co. Elejo-te por isto perito em prodígio:
assim seja! Explica o mais aos amigos:
que hão de fazer estes e não aqueles?

Or. É simples a fala. Esta, entra no palácio.
Exorto-os a ocultar este pacto comigo 555
para que os dolosos matadores do bravo
com dolo sejam pegos e no mesmo laço
morram como também proclamou Lóxias
rei Apolo, adivinho sem mentira antes.
Com aspecto de hóspede e armas completas 560
chegarei à áulica porta com este homem
Pílades, como hóspede e aliado da casa.
Ambos proferiremos a voz do Parnaso
imitando o som da língua da Fócida.
Nenhum porteiro com espírito sereno 565
receberia, já que a casa é de maus Numes;
persistiremos de modo a quem perpasse
pela casa presumir e dizer assim:
"Por que Egisto repele o suplicante
"na porta, se presente em casa percebeu?" 570
Se transpuser o limiar da áulica porta
e encontrar aquele no trono do pai
ou ainda vindo depois diante de mim
falar e chamar-me a ele, sabe claro,
antes que diga: "donde é o hóspede?" 575
porei morto com bronze de rápido pé.
Erínis, não desprovida de morticínio,
beberá a terceira poção, mero sangue.
Agora, mantém-te alerta dentro do palácio

ὅπως ἂν ἀρτίκολλα συμβαίνηι τάδε,   580
ὑμῖν δ' ἐπαινῶ γλῶσσαν εὔφημον φέρειν
σιγᾶν θ' ὅπου δεῖ καὶ λέγειν τὰ καίρια·
τὰ δ' ἄλλα τούτωι δεῦρ' ἐποπτεῦσαι λέγω,
ξιφηφόρους ἀγῶνας ὀρθώσαντί μοι.

para que tudo concorra de modo coerente,   580
exorto-vos a conservar a língua propícia,
calar onde se deve e dizer o oportuno.
Quanto ao mais, digo-lhe que venha e vigie
por mim nas lutas armadas de espada.

Χο. πολλὰ μὲν γᾶ τρέφει   [στρ. α
    δεινὰ δειμάτων ἄχη,   586
    πόντιαί τ' ἀγκάλαι κνωδάλων
    ἀνταίων βροτοῖσι πλή-
    θουσι· βλάπτουσι καὶ πεδαίχμιοι
    λαμπάδες πεδάοροι   590
    πτανά τε καὶ πεδοβάμονα· κἀνεμόεντ' ἂν
    αἰγίδων φράσαι κότον.

    ἀλλ' ὑπέρτολμον ἀν-   [ἀντ. α
    δρὸς φρόνημα τίς λέγοι   595
    καὶ γυναικῶν φρεσὶν τλημόνων
    παντόλμους ἔρωτας, ἄ-
    ταισι ⟨   ⟩ συννόμους βροτῶν;
    ξυζύγους δ' ὁμαυλίας
    θηλυκρατὴς ἀπέρωτος ἔρως παρανικᾶι   600
    κνωδάλων τε καὶ βροτῶν.

    ἴστω δ' ὅστις οὐχ ὑπόπτερος   [στρ. β
    φροντίσιν, δαεὶς
    τὰν ἁ παιδολυὰς τάλαινα Θεστιὰς μήσατο   605
    πυρδαὴς γυνὰ πρόνοι-
    αν καταίθουσα παιδὸς δαφοινὸν
    δαλὸν ἥλικ', ἐπεὶ μολὼν
    ματρόθεν κελάδησε,
    ξύμμετρόν τε διαὶ βίου   610
    μοιρόκραντον ἐς ἦμαρ.
    λλαν δ' ἦν τιν' ἐν λόγοις στυγεῖν,   [ἀντ. β
    φοινίαν κόραν,
    ἅτ' ἐχθρῶν ὕπερ φῶτ' ἀπώλεσεν φίλον, Κρητικοῖς 615
    χρυσεοκμήτοισιν ὅρ-

114

PRIMEIRO ESTÁSIMO

Co. Terra nutre muitas   EST. 1
terríveis dores de terrores,   586
os braços do mar estão cheios
de feras hostis aos mortais.
Maléficos entre o céu e o solo
são os fulgores de meteoros,   590
pássaros e pedestres diriam
a cólera ventosa das procelas.

Mas quem poderia dizer   ANT. 1
o soberbo pensamento do homem   595
e ousados amores de mulheres
atrevidas, companheiros
das erronias dos mortais?
Amor sem amor, fêmeo senhor,
subverte o convívio conjugal   600
das feras e dos mortais.

Sabe disto quem não é avoado,   EST. 2
mas instruído na providência
que a atrevida filha de Téstio   605
destruidora do filho
com ígnea arte urdiu
ao pôr no fogo o rubro tição
coetâneo do filho desde o berço
e simétrico ao longo da vida   610
até o fatídico dia.
Nas falas houve outra horrenda   ANT. 2
sangüinária moça
que por inimigos destruiu um dos seus   615
seduzida pelo colar de ouro

μοις πιθήσασα, δώροισι Μίνω,
Νῖσον ἀθανάτας τριχὸς
νοσφίσασ' ἀπροβούλωι   620
πνέονθ' ἁ κυνόφρων ὕπνωι·
κιγχάνει δέ νιν Ἑρμῆς.

ἐπεὶ δ' ἐπεμνησάμαν ἀμειλίχων   [στρ. γ
πόνων, †ἀκαίρως δὲ† δυσφιλὲς γαμή-
λευμ' ἀπεύχετον δόμοις   625
γυναικοβούλους τε μήτιδας φρενῶν
ἐπ' ἀνδρὶ τευχεσφόρωι
†ἐπ' ἀνδρὶ δηίοις ἐπικότω σέβας†·
τίω δ' ἀθέρμαντον ἑστίαν δόμων
γυναικείαν ⟨τ'⟩ ἄτολμον αἰχμάν   630

κακῶν δὲ πρεσβεύεται τὸ Λήμνιον   [ἀντ. γ
λόγωι, γοᾶται δὲ δημόθεν κατά-
    πτυστον, ἤικασεν δέ τις
τὸ δεινὸν αὖ Λημνίοισι πήμασιν.
θεοστυγήτωι δ' ἄγει   635
βροτοῖς ἀτιμωθὲν οἴχεται γένος·
σέβει γὰρ οὔτις τὸ δυσφιλὲς θεοῖς.
τί τῶνδ' οὐκ ἐνδίκως ἀγείρω;

τὸ δ' ἄγχι πλευμόνων ξίφος   [στρ. δ
διανταίαν ὀξυπευκὲς οὐτᾶι   640
διαὶ Δίκας †τὸ μὴ θέμις γὰρ οὔ†
λὰξ πέδοι πατουμένας,
τὸ πᾶν Διὸς σέβας παρεκ-
βάντος οὐ θεμιστῶς.   645

Δίκας δ' ἐρείδεται πυθμήν,   [ἀντ. δ
προχαλκεύει δ' Αἶσα φασγανουργός·
τέκνον δ' ἐπεισφέρει δόμοις
αἱμάτων παλαιτέρων
τίνειν μύσος χρόνωι κλυτὰ   650
βυσσόφρων Ἐρινύς.

116

cretense, dádiva de Minos:
ela por índole canina
privou Niso do cabelo imortal   620
ao respirar no sono incônscio
e Hermes o arrebata.

Quando lembro dores sem doçura   EST. 3
e, inadrede, o inamistoso casamento
abominável ao palácio   625
e astúcias tramadas por mulher
contra homem armado de escudo,
contra homem irado temido por inimigos,
honro a lareira não cálida no palácio
e na mulher a não bélica lança.   630

Dos males, o maior é o de Lemnos,   ANT. 3
conta-se, o povo deplora a torpeza,
a imagem do terror
aliás são as paixões dos lêmnios.
Pelo horror hediondo aos Deuses   635
pereceu a prole sem honra entre os mortais:
ninguém venera o inamistoso aos Deuses.
O que sem justiça pus nesta lista?

Eis um punhal perto dos pulmões   EST. 4
pontiagudo vai perfurar o flanco   640
por Justiça, quando contra a lei
com os pés a pisam no chão,
a transgredirem contra a lei
toda a veneração por Zeus.   645

A raiz da Justiça se profunda.   ANT. 4
Parte forja-faca está na forja.
No palácio ela leva o filho
dos cruores mais antigos
a punir o crime em tempo,   650
a ínclita e profunda Erínis.

117

Ορ. παῖ παῖ, θύρας ἄκουσον ἑρκείας κτύπον.
τίς ἔνδον, ὦ παῖ παῖ μάλ' αὖθις, ἐν δόμοις;
τρίτον τόδ' ἐκπέραμα δωμάτων καλῶ, 655
εἴπερ φιλόξεν' ἐστὶν Αἰγίσθου διαί.
ΟΙΚΕΤΗΣ
εἶέν, ἀκούω· ποδαπὸς ὁ ξένος; πόθεν;
Ορ. ἄγγελλε τοῖσι κυρίοισι δωμάτων,
πρὸς οὕσπερ ἥκω καὶ φέρω καινοὺς λόγους.
τάχυνε δ', ὡς καὶ νυκτὸς ἅρμ' ἐπείγεται 660
σκοτεινόν, ὥρα δ' ἐμπόρους μεθιέναι
ἄγκυραν ἐν δόμοισι πανδόκοις ξένων.
ἐξελθέτω τις δωμάτων τελεσφόρος
γυνὴ τόπαρχος, ἄνδρα δ' εὐπρεπέστερον·
αἰδὼς γὰρ ἐν λέσχαισιν οὖσ' ἐπαργέμους 665
λόγους τίθησιν. εἶπε θαρσήσας ἀνὴρ
πρὸς ἄνδρα κἀσήμηνεν ἐμφανὲς τέκμαρ.
ΚΛΥΤΑΙΜΗΣΤΡΑ
ξένοι, λέγοιτ' ἂν εἴ τι δεῖ· πάρεστι γὰρ
ὁποῖάπερ δόμοισι τοῖσδ' ἐπεικότα,
καὶ θερμὰ λουτρὰ καὶ πόνων θελκτηρία 670
στρωμνὴ δικαίων τ' ὀμμάτων παρουσία.
εἰ δ' ἄλλο πρᾶξαι δεῖ τι βουλιώτερον,
ἀνδρῶν τόδ' ἐστὶν ἔργον, οἷς κοινώσομεν.
Ορ. ξένος μέν εἰμι Δαυλιεὺς ἐκ Φωκέων,
στείχοντα δ' αὐτόφορτον οἰκείᾳ σαγῇ 675
ἐς Ἄργος, ὥσπερ δεῦρ' ἀπεζύγην πόδας,
ἀγνὼς πρὸς ἀγνῶτ' εἶπε συμβαλὼν ἀνὴρ
ἐξιστορήσας καὶ σαφηνίσας ὁδόν,
Στροφίος ὁ Φωκεύς· πεύθομαι γὰρ ἐν λόγωι·
"ἐπείπερ ἄλλως, ὦ ξέν', εἰς Ἄργος κίεις, 680
πρὸς τοὺς τεκόντας πανδίκως μεμνημένος

118

SEGUNDO EPISÓDIO

Or. Servo! Servo! Ouve bater à porta do pátio.
Ó de casa! Ó servo! Servo! Ó do palácio!
Três vezes chamo por alguém do palácio,   655
se é mesmo hospitaleiro o lar de Egisto.

Se. Eia, escuto! Donde é o hóspede? Donde?
Or. Leva a notícia aos senhores do palácio,
Junto a quem venho e trago novidades.
Vai rápido que o carro da Noite se apressa   660
tenebroso, é hora de viajores lançarem
âncora nos palácios receptores de hóspedes.
Venha do palácio um portador de poder,
mulher soberana, homem porém é melhor,
pois o pudor no colóquio torna turvas   665
as palavras, com franqueza fala o homem
ao homem e o que se diz se faz claro.

Cl. Hóspedes, dizei-me se precisais de algo,
pois há neste palácio o que vos convém,
banhos quentes e lenimentos de males.   670
agasalho e a presença de olhos justos.
Se é preciso fazer algo mais cogitado,
homens o fazem, a quem comunicaremos.
Or. Hóspede sou, dauliense, vindo da Fócida,
e ao marchar portador da própria arma   675
a Argos, tal qual aqui desatrelei os pés,
estranho a estranho encontrou e falou,
após inquirir e inteirar-se do percurso,
Estrófio da Fócida (soube-o na conversa):
"Já que, aliás, ó hóspede, vais a Argos,   680
"junto aos pais, com toda justiça lembrado

119

τεθνεῶτ᾽ Ὀρέστην εἰπέ, μηδαμῶς λάθηι·
εἴτ᾽ οὖν κομίζειν δόξα νικήσει φίλων,
εἴτ᾽ οὖν μέτοικον, εἰς τὸ πᾶν ἀεὶ ξένον,
θάπτειν, ἐφετμὰς τάσδε πόρθμευσον πάλιν.   685
νῦν γὰρ λέβητος χαλκέου πλευρώματα
σπ̣πὸν κέκευθεν ἀνδρὸς εὖ κεκλαυμένου."
τοσαῦτ᾽ ἀκούσας εἶπον. εἰ δὲ τυγχάνω
τοῖς κυρίοισι καὶ προσήκουσιν λέγων
οὐκ οἶδα, τὸν τεκόντα δ᾽ εἰκὸς εἰδέναι.   690
Κλ. οἲ ᾽γώ, κατ᾽ ἄκρας †ἐνπᾶς† ὡς πορθούμεθα.
ὦ δυσπάλαιστε τῶνδε δωμάτων Ἀρά,
ὡς πόλλ᾽ ἐπωπᾶις κἀκποδὼν εὖ κείμενα·
τόξοις πρόσωθεν εὐσκόποις χειρουμένη
φίλων ἀποψιλοῖς με τὴν παναθλίαν.   695
καὶ νῦν Ὀρέστης, ἦν γὰρ εὐβούλως ἔχων,
ἔξω κομίζων ὀλεθρίου πηλοῦ πόδα
⟨   ⟩
νῦν δ᾽ ἥπερ ἐν δόμοισι βακχείας κακῆς
ἰατρὸς ἐλπὶς ἦν, προδοῦσαν ἔγγραφε.
Ορ. ἐγὼ μὲν οὖν ξένοισιν ὧδ᾽ εὐδαίμοσιν   700
κεδνῶν ἔκατι πραγμάτων ἂν ἤθελον
γνωτὸς γενέσθαι καὶ ξενωθῆναι· τί γὰρ
ξένου ξένοισίν ἐστιν εὐμενέστερον;
πρὸς δυσσεβείας ⟨δ᾽⟩ ἦν ἐμοὶ τόδ᾽ ἐν φρεσίν,
τοιόνδε πρᾶγμα μὴ καρανῶσαι φίλοις   705
καταινέσαντα καὶ κατεξενωμένον.
Κλ. οὔτοι κυρήσεις μεῖον ἀξίων σέθεν,
οὐδ᾽ ἧσσον ἂν γένοιο δώμασιν φίλος.
ἄλλος δ᾽ ὁμοίως ἦλθεν ἂν τάδ᾽ ἀγγελῶν.
ἀλλ᾽ ἔσθ᾽ ὁ καιρὸς ἡμερεύοντας ξένους   710
μακρᾶς κελεύθου τυγχάνειν τὰ πρόσφορα·
ἄγ᾽ αὐτὸν εἰς ἀνδρῶνας εὐξένους δόμων,
ὀπισθόπουν τε τοῦδε καὶ ξυνέμπορον,
κἀκεῖ κυρούντων δώμασιν τὰ πρόσφορα.
αἰνῶ δὲ πράσσειν ὡς ὑπευθύνωι τάδε.   715
ἡμεῖς δὲ ταῦτα τοῖς κρατοῦσι δωμάτων

"diz que morreu Orestes, não te esqueças;
"se prevalecer a opinião deles a trasladar,
"ou domiciliado, em tudo sempre hóspede,
"sepultá-lo, remete-nos essas instruções.   685
"Agora os flancos de uma urna de bronze
"recolhem a cinza do homem pranteado."
Tanto ouvi e disse, mas se por acaso
falo com os responsáveis e interessados,
não sei; é provável que o pai o saiba.   690
Cl. Ai de mim! Que pilhagem nos atinge!
Ó Praga inelutável deste palácio,
como espreitas muitos e remotos bens:
dominando de longe com arcos certeiros,
dos meus me espolias nesta miséria!   695
E agora Orestes: por prudência estava
tirando o pé do brejo do extermínio

. . . .

Agora a esperança, no palácio médica
de maligno delírio, revela-se traidora.
Or. Eu junto a hóspedes tão prósperos   700
queria por auspiciosas notícias
ser conhecido e hospedado. O que é
mais grato aos hóspedes que o hóspede?
Impiedade seria isto em meu espírito:
não cumprir tal promessa a amigos   705
quando prometi e estou hospedado.
Cl. Não obterás algo menos digno de ti,
nem serias menos amigo do palácio,
outro por igual viria anunciar isso.
Mas é oportuno que hóspedes, após   710
longa jornada, encontrem conforto.
Leva ao quarto de hóspedes do palácio
a ele e ao servo que o segue na viagem
e lá desfrutem os confortos do palácio.
Ordeno-te fazê-lo com solicitude.   715
Nós comunicaremos isto aos senhores

κοινώσομέν τε κοὐ σπανίζοντες φίλων
βουλευσόμεσθα τῆσδε συμφορᾶς πέρι.
Χο. εἶέν, φίλιαι δμωίδες οἴκων,
πότε δὴ στομάτων 720
δείξομεν ἰσχὺν ἐπ' Ὀρέστηι;
ὦ πότνια χθὼν καὶ πότνι' ἀκτὴ
χώματος, ἣ νῦν ἐπὶ ναυάρχωι
σώματι κεῖσαι τῶι βασιλείωι,
νῦν ἐπάκουσον, νῦν ἐπάρηξον· 725
νῦν γὰρ ἀκμάξει Πειθὼ δολίαν
ξυγκαταβῆναι, χθόνιον δ' Ἑρμῆν
καὶ τὸν νύχιον τοῖσδ' ἐφοδεῦσαι
ξιφοδηλήτοισιν ἀγῶσιν.

ἔοικεν ἀνὴρ ὁ ξένος τεύχειν κακόν. 730
τροφὸν δ' Ὀρέστου τήνδ' ὁρῶ κεκλαυμένην·
ποῖ δὴ πατεῖς, Κίλισσα, δωμάτων πύλας;
λύπη δ' ἄμισθός ἐστί σοι ξυνέμπορος.
ΤΡΟΦΟΣ
Αἴγισθον ἡ κρατοῦσα τοῖς ξένοις καλεῖν
ὅπως τάχιστ' ἄνωγεν, ὡς σαφέστερον 735
ἀνὴρ ἀπ' ἀνδρὸς τὴν νεάγγελτον φάτιν
ἐλθὼν πύθηται τήνδε. πρὸς μὲν οἰκέτας
θέτο σκυθρωπῶν πένθος ὀμμάτων, γέλων
κεύθουσ' ἐπ' ἔργοις διαπεπραγμένοις καλῶς
κείνηι, δόμοις δὲ τοῖσδε παγκάκως ἔχειν, 740
φήμης ὕφ', ἧς ἤγγειλαν οἱ ξένοι τορῶς.
ἦ δὴ κλύων ἐκεῖνος εὐφρανεῖ νόον
εὖτ' ἂν πύθηται μῦθον. ὦ τάλαιν' ἐγώ,
ὥς μοι τὰ μὲν παλαιὰ συγκεκραμένα
ἄλγη δύσοιστα τοῖσδ' ἐν Ἀτρέως δόμοις 745
τυχόντ' ἐμὴν ἤλγυνεν ἐν στέρνοις φρένα·
ἀλλ' οὔτι πω τοιόνδε πῆμ' ἀνεσχόμην·
τὰ μὲν γὰρ ἄλλα τλημόνως ἤντλουν κακά,
φίλον δ' Ὀρέστην, τῆς ἐμῆς ψυχῆς τριβήν,

do palácio e não carentes de amigos
deliberaremos sobre esta conjuntura.

Co. Eia, ó fiéis servas do palácio,
quando é que mostraremos 720
o vigor das vozes por Orestes?
Ó senhora Terra, senhora orla
da tumba que agora cobres o corpo
do régio capitão de navios,
ouve agora, socorre agora: 725
agora é hora de Persuasão dolosa
vir à liça, e de sob a terra Hermes
noturno por-se a caminho
dos combates com facas letais.

Parece que o hóspede perpetra o mal. 730
Vejo aqui a ama de Orestes em pranto.
Cilissa, aonde vais fora do palácio?
Angústia sem paga te acompanha.

A. A rainha manda chamar o mais rápido
Egisto aos hóspedes, para que mais claro 735
o homem saiba do homem esta recém-dada
notícia ao vir. Ante os servidores, finge
um luto de olhos turvos, ocultando o riso
por acontecimentos para ela bem-sucedidos,
e como a estar tudo mal para o palácio, 740
pela nova que os hóspedes anunciam clara.
Sim, ouvindo ele alegrará o seu espírito
quando souber a palavra. Ó mísera sou,
porque as antigas e confusas dores,
insuportáveis neste palácio de Atreu, 745
sofri e pungiram-me o coração no peito,
mas não ainda padeci dor como esta,
pois os outros males aturei tolerante.
É meu Orestes, desvelo de minha alma,

ὃν ἐξέθρέψα μητρόθεν δεδεγμένη 750
καὶ νυκτιπλάγκτων ὀρθίων κελευμάτων
( )
καὶ πολλὰ καὶ μοχθήρ' ἀνωφέλητ' ἐμοὶ
τλάσηι· τὸ μὴ φρονοῦν γὰρ ὡσπερεὶ βοτὸν
τρέφειν ἀνάγκη, πῶς γὰρ οὔ; τρόπωι φρενός·
οὐ γάρ τι φωνεῖ παῖς ἔτ' ὢν ἐν σπαργάνοις 755
εἰ λιμὸς ἢ δίψη τις ἢ λιψουρία
ἔχει· νέα δὲ νηδὺς αὐτάρκης τέκνων.
τούτων πρόμαντις οὖσα, πολλὰ δ' οἴομαι
ψευσθεῖσα, παιδὸς σπαργάνων φαιδρύντρια,
κναφεὺς τροφεύς τε ταὐτὸν εἰχέτην τέλος. 760
ἐγὼ διπλᾶς δὲ τάσδε χειρωναξίας
ἔχουσ' Ὀρέστην ἐξεδεξάμην πατρί·
τεθνηκότος δὲ νῦν τάλαινα πεύθομαι.
στείχω δ' ἐπ' ἄνδρα τῶνδε λυμαντήριον
οἴκων, θέλων δὲ τόνδε πεύσεται λόγον. 765
Χο. πῶς οὖν κελεύει νιν μολεῖν ἐσταλμένον;
Τρ. τί πῶς; λέγ' αὖθις, ὡς μάθω σαφέστερον.
Χο. εἰ ξὺν λοχίταις εἴτε καὶ μονοστιβῆ.
Τρ. ἄγειν κελεύει δορυφόρους ὀπάονας.
Χο. μή νυν σὺ ταῦτ' ἄγγελλε δεσπότου στύγει, 770
ἀλλ' αὐτὸν ἐλθεῖν, ὡς ἀδειμάντως κλύηι,
ἄνωχθ' ὅσον τάχιστα γαθούσηι φρενί.
ἐν ἀγγέλωι γὰρ κυπτός ὀρθοῦται λόγος.
Τρ. ἀλλ' ἦ φρονεῖς εὖ τοῖσι νῦν ἠγγελμένοις;
Χο. ἀλλ' εἰ τροπαίαν Ζεὺς κακῶν θήσει ποτέ 775
Τρ. καὶ πῶς; Ὀρέστης ἐλπὶς οἴχεται δόμων.
Χο. οὔπω· κακός γε μάντις ἂν γνοίη τάδε.
Τρ. τί φήις; ἔχεις τι τῶν λελεγμένων δίχα;
Χο. ἄγγελλ' ἰοῦσα, πρᾶσσε τἀπεσταλμένα.
μέλει θεοῖσιν ὧνπερ ἂν μέληι πέρι. 780
Τρ. ἀλλ' εἶμι καὶ σοῖς ταῦτα πείσομαι λόγοις·
γένοιτο δ' ὡς ἄριστα σὺν θεῶν δόσει.

a quem recebi da máe e assim criei,   750
e noctívagos eram os agudos vagidos

. . . .

e suportei muitas e inúteis fadigas,
pois o infante, tal como se fosse alimária,
deve ser nutrido — náo? — como se falasse:
não tem voz a criança ainda nas faixas,   755
se a aflige a fome ou a sede, ou se urinou,
o ventre novo das crianças é autônomo.
Previdente disso, e creio que ludibriada
muitas vezes, lavadeira de faixas infantis,
lavar e nutrir são ambos da mesma função.   760
Eu, com esta dúplice perícia das máos,
recebi Orestes no interesse de seu pai,
e agora mísera ouço que está morto.
Vou até o homem lesivo deste palácio
e se quiser ele ouvirá esta palavra.   765

Co. Como, pois, manda-o vir equipado?
A.   Como? Diz, para eu saber mais claro.
Co. Com séqüito ou com solitários passos?
A.   Ordena levar sequazes lanceiros.
Co. Não anuncies isso ao hediondo senhor,   770
     Mas vá ele só, que o digam intrépido,
     exorta-o logo, com jubiloso espírito:
     no mensageiro palavra torta põe reta.
A.   Mas sentes bem com este anúncio?
Co. Mas se Zeus fizer mudarem-se os males?   775
A.   Como? Orestes foi esperança do palácio.
Co. Não ainda. Mau adivinho diria isso.
A.   Que dizes? Sabes algo além da notícia?
Co. Vai, anuncia, cumpre o mandado.
     Cuidam os Deuses de seus cuidados.   780
A.   Irei e seguirei nisso tuas palavras.
     Que o melhor nos seja dom dos Deuses!

Χο.　νῦν παραιτουμέναι μοι, πάτερ　　　　　[στρ· α
　　　Ζεῦ θεῶν Ὀλυμπίων,
　　　δὸς †τύχας τυχεῖν δέ μου　　　　　　　785
　　　κυρίως σωφροσυνευ†
　　　μαιομένοις ἰδεῖν.
　　　διὰ δίκας ἄπαν ἔπος ἔλακον·
　　　Ζεῦ, σύ νιν φυλάσσοις.

　　　ἒ ἔ· πρὸ δὲ δὴ 'χθρῶν τὸν ἔσω　　　[μεσωιδ. α
　　　μελάθρων, Ζεῦ, θές, ἐπεί νιν μέγαν ἆραι　791
　　　δίδυμα καὶ τριπλᾶ παλίμ-
　　　ποινα θέλων ἀμείψηι.

　　　ἴσθι δ' ἀνδρὸς φίλου πῶλον εὖ-　　　[ἀντ. α
　　　νιν ζυγέντ' ἐν ἅρμασιν　　　　　　　795
　　　πημάτων· ἐν δρόμωι
　　　προστιθεὶς μέτρον, κτίσον
　　　†σωζόμενον† ῥυθμόν,
　　　τοῦτ' ἰδεῖν δάπεδον ἀνόμενον
　　　βημάτων ὄρεγμα.

　　　οἵ τ' ἔσωθε δωμάτων　　　　　　　　[στρ. β
　　　πλουτογαθῆ μυχὸν ἐνίζετε,　　　　　801
　　　κλῦτε σύμφρονες θεοί·
　　　ἄγετε ⟨　　　　　⟩
　　　τῶν πάλαι πεπραγμένων
　　　λύσασθ' αἷμα προσφάτοις δίκαις·　　805
　　　γέρων φόνος μηκέτ' ἐν δόμοις τέκοι.
　　　τὸ δὲ καλῶς κτίμενον ὦ μέγα ναίων　[μεσωιδ. β
　　　στόμιον, εὖ δὸς ἀνιδεῖν δόμον ἀνδρός,
　　　καὶ νιν ἐλευθερίας φῶς

126

SEGUNDO ESTÁSIMO

Co. Agora eu te suplico, ó Pai   EST. 1
dos Deuses Olímpios Zeus,
concede feliz fortuna   785
plena aos que aspiram
a contemplar boa ordem.
Por Justiça clamei o clamor todo.
Ó Zeus, que os conserves tu!

Ó Zeus, antes dos inimigos põe   MES. 1
o do palácio, que assim terás   791
duplo ou tríplice retorno
se quiseres erguê-lo alto.

Vê órfão do seu guerreiro   ANT. 1
o potro jungido ao carro   795
dos males. Na corrida
impõe medida e constrói
incólume ritmo
ao ver percorrer este plano
o alcance dos passos.

Vós que no palácio habitais   EST. 2
o recesso feliz pela opulência,   801
ouvi, unânimes Deuses,
eia!
dissolvei o sangue das façanhas
antigas com as recentes justiças: 805
velho cruor não mais procrie no palácio.
Ó tu que habitas a bem construída   MES. 2
grande boca, renova a casa do varão
e concede-lhe ver brilhante

λαμπρὸν ἰδεῖν φιλίοις 810
ὄμμασιν (ἐκ) δνοφερᾶς καλύπτρας.

ξυλλάβοιτο δ' ἐνδίκως [ἀντ. β
παῖς ὁ Μαίας ἐπιφορώτατος
πρᾶξιν οὐρίαν τελεῖν·
πολλὰ δ' ἀλά' ἔφανε χρήιζων, 815
ἄσκοπον δέ πως βλέπων
νυκτὸς προὐμμάτων σκότον φέρει,
καθ' ἡμέραν δ' οὐδὲν ἐμφανέστερος.

καὶ τότ' ἤδη κλυτὸν [στρ. γ
δωμάτων λυτήριον 820
θῆλυν οὐριοστάταν
ὀξύκρεκτον βοητὸν νόμον
μεθήσομεν· πόλει τάδ' εὖ·
ἐμὸν ἐμὸν κέρδος αὔξεται τόδ', ἄ- 825
τα δ' ἀποστατεῖ φίλων.

σὺ δὲ θαρσῶν ὅταν ἥκηι ἔργων. [μεσωιδ. γ
ἐπαΰσας θροεούσαι
"τέκνον", "ἔργωι πατρός" αὔδα,
καὶ πέραιν' ἀνεπίμομφον ἄταν. 830

Περσέως δ' ἐν φρεσὶν [ἀντ. γ
καρδίαν ⟨ ⟩ σχεθὼν
τοῖς θ' ὑπὸ χθονὸς φίλοις
τοῖς τ' ἄνωθεν πρόπρασσ' ὧν χάρις,
Γοργοῦς λυγρᾶς ⟨τοῖς⟩ ἔνδοθεν 835
φόνιον ἄταν τιθείς, τὸν αἴτιον
δ' ἐξαπόλλυ' εἰσορῶν.

a luz da liberdade com olhos   810
seus após véus de trevas.

Coopere com Justiça   ANT. 2
o filho de Maia o mais propício
a cumprir favorável proeza:
querendo, mostra muitos recônditos   815
espreitando o obscuro,
à noite traz as trevas ante os olhos,
de dia em nada é mais manifesto.

Emitiremos ínclita canção   EST. 3
libertadora do palácio   820
feminina a mais propícia
aguda vibrante e gritante:
para o país está bem isto,
meu ganho aqui aumenta   825
e Erronia se afasta dos amigos.

Tu audaz quando vier a vez das proezas   MES. 3
com um grito quando ela clamar
"filho", grita "à proeza do pai"
e perfaz irrepreensível erronia.   830

Mantendo no peito   ANT. 3
o coração de Perseu,
aos amigos debaixo do chão
e aos de cima perpetra o agrado,
impondo aos do palácio cruenta   835
erronia de Górgona lúgubre,
mas encara e destrói o culpado.

ΑΙΓΙΘΟΣ
ἥκω μὲν οὐκ ἄκλητος ἀλλ' ὑπάγγελος·
νέαν φάτιν δὲ πεύθομαι λέγειν τινὰς
ξένους μολόντας οὐδαμῶς ἐφίμερον, 840
μόρον γ' Ὀρέστου· καὶ τόδ' ἂν φέρειν δόμοις
γένοιτ' ἂν ἄχθος †δειματοσταγὲς†, φόνωι
τῶι πρόσθεν ἑλκαίνουσι καὶ δεδηγμένοις.
πῶς ταῦτ' ἀληθῆ καὶ βλέποντα δοξάσω;
ἢ πρὸς γυναικῶν δειματούμενοι λόγοι 845
πεδάρσιοι θρώισκουσι, θνήισκοντες μάτην;
τί τῶνδ' ἂν εἴποις ὥστε δηλῶσαι φρενί;
Χο. ἠκούσαμεν μέν, πυνθάνον δὲ τῶν ξένων
ἔσω παρελθών. οὐδὲν ἀγγέλων σθένος
ὡς αὐτὸν αὐτῶν ἄνδρα πεύθεσθαι πάρα. 850
Αι. ἰδεῖν ἐλέξαι τ' εὖ θέλω τὸν ἄγγελον,
εἴτ' αὐτὸς ἦν θνήισκοντος ἐγγύθεν παρών,
εἴτ' ἐξ ἀμαυρᾶς κληδόνος λέγει μαθών·
οὔτοι φρέν' ἂν κλέψειεν ὠμματωμένην.

Χο. Ζεῦ Ζεῦ, τί λέλω; πόθεν ἄρξωμαι 855
τάδ' ἐπευχομένη κἀπιθεάζουσ',
ὑπὸ δ' εὐνοίας
πῶς ἴσον εἰποῦσ' ἀνύσωμαι;
νῦν γὰρ μέλλουσι μιανθεῖσαι
πειραὶ κοπάνων ἀνδροδαΐκτων 860
ἢ πάνυ θήσειν Ἀγμεμνονίων
οἴκων ὄλεθρον διὰ παντός,
ἢ πῦρ καὶ φῶς ἐπ' ἐλευθερίαι
δαίων †ἀρχὰς τε πολισσονόμους†
ἕξει πατέρων μέγαν ὄλβον. 865
τοιάνδε πάλην μόνος ὢν ἔφεδρος
δισσοῖς μέλλει θεῖος Ὀρέστης
ἅψειν. εἴη δ' ἐπὶ νίκηι.

130

TERCEIRO EPISÓDIO

Eg. Venho não sem chamado mas por mensagem:
ouço que alguns hóspedes vieram e contam
um novo rumor de modo nenhum desejado,   840
a morte de Orestes e seria para o palácio
um fardo terrificante suportá-lo quando
mordido e ulcerado por anterior cruor.
Como crer que isto é a verdade viva?
Ou falas medrosas, vindas de mulheres,   845
saltam altas no ar morrendo vazias?
Que disto dirias a esclarecer o espírito?

Co. Ouvimos, sim, mas informa-te dos hóspedes,
entra no palácio. Não há força nunciativa
como saber por si mesmo junto aos próprios.   850

Eg. Bem quero ver e perscrutar o mensageiro,
se ele mesmo estava presente à morte
ou se fala por saber de obscuro rumor.
Não enganariam um espírito perspicaz.

Co. Zeus, Zeus, que dizer? Donde principiar   855
esta súplica e invocação dos Deuses
e por benevolência
como concluir com igual palavra?
Agora os gumes poluídos
de espadas retalhadoras   860
destruirão para sempre
o palácio de Agamêmnon,
ou fogo e luz por liberdade
acesos, com o poder no país
terá grande opulência dos pais.   865
Tal combate, um contra dois,
o divino Orestes espera travar
e seja pela vitória!

Αι. ἒ ἒ ὀτοτοτοῖ.
Χο. ἔα ἔα μάλα. 870
πῶς ἔχει; πῶς κέκρανται δόμοις;
ἀποσταθῶμεν πράγματος τελουμένου,
ὅπως δοκῶμεν τῶνδ' ἀναίτιαι κακῶν
εἶναι· μάχης γὰρ δὴ κεκύρωται τέλος.
ΟΙΚΕΤΗΣ
οἴμοι πανοίμοι δεσπότου ⟨πεπληγμένου⟩· 875
οἴμοι μάλ' αὖθις ἐν τρίτοις προσφθέγμασιν·
Αἴγισθος οὐκέτ' ἔστιν. ἀλλ' ἀνοίξατε
ὅπως τάχιστα, καὶ γυναικείους πύλας
μοχλοῖς χαλᾶτε· καὶ μάλ' ἡβῶντος δὲ δεῖ,
οὐχ ὡς δ' ἀρῆξαι διαπεπραγμένωι· τί γάρ; 880
ἰοὺ ἰού·
κωφοῖς αὐτῶ καὶ καθεύδουσιν μάτην
ἄκραντα βάζω· ποῦ Κλυταιμήστρα; τί δρᾶι;
ἔοικε νῦν αὐτῆς ἐπιξήνου πέλας
αὐχὴν πεσεῖσθαι πρὸς δίκης πεπληγμένος.
Κλ. τί ἐστὶ χρῆμα; τίνα βοὴν ἵστης δόμοις; 885
Οικ. τὸν ζῶντα καίνειν τοὺς τεθνηκότας λέγω.
Κλ. οἲ 'γώ, ξυνῆκα τοὖπος ἐξ αἰνιγμάτων·
δόλοις ὀλούμεθ' ὥσπερ οὖν ἐκτείναμεν.
δοίη τις ἀνδροκμῆτα πέλεκυν ὡς τάχος·
εἰδῶμεν εἰ νικῶμεν ἢ νικώμεθα· 890
ἐνταῦθα γὰρ δὴ τοῦδ' ἀφικόμην κακοῦ.
Ορ. σὲ καὶ ματεύω· τῶιδε δ' ἀρκούντως ἔχει.
Κλ. οἲ 'γώ, τέθνηκας, φίλτατ' Αἰγίσθου βία.
Ορ. φιλεῖς τὸν ἄνδρα; τοιγὰρ ἐν ταὐτῶι τάφωι
κείσηι· θανόντα δ' οὔτι μὴ προδῶις ποτε. 895
Κλ. ἐπίσχες, ὦ παῖ, τόνδε δ' αἴδεσαι, τέκνον,
μαστόν, πρὸς ὧι σὺ πολλὰ δὴ βρίζων ἅμα
οὔλοισιν ἐξήμελξας εὐτραφὲς γάλα.
Ορ. Πυλάδη, τί δράσω; μητέρ' αἰδεσθῶ κτανεῖν;
ΠΥΛΑΔΗΣ
ποῦ δαὶ τὸ λοιπὸν Λοξίου μαντεύματα 900
τὰ πυθόχρηστα, πιστά τ' εὐορκώματα;

Eg. *È è otototoî.*
Co. *Ea ea* a mais.   870
Como está? Como aconteceu no palácio?
Afastemo-nos, perpetrando-se a proeza,
para parecermos sem culpa destes males,
pois o término da batalha está decidido.

Se. *Oímoi!* Todo *oímoi!* Golpeado o senhor,   875
oímoi a mais aliás no terceiro clamor.
Egisto não vive mais. Eia, descerrai
logo as portas dos aposentos femininos,
removei ferrolhos, é urgente alguém forte,
não para socorrer o executado — em quê?   880
Ioù ioù!
Clamo a surdos? Falo em vão a dormentes
nulos? Onde está Clitemnestra? Que faz?
Parece agora que perto do cepo cairá
o seu pescoço por justiça golpeado.
Cl. Que há? Que grito ergues pelo palácio?   885
Se. Digo que os mortos matam o vivo.
Cl. Ai! Compreendo a palavra deste enigma!
Perecemos por dolo como matamos.
Dêem-me logo o machado homicida.
Vejamos se vencemos ou somos vencidos: 890
eis a que ponto cheguei deste infortúnio.
Or. A ti te procuro, para este é o bastante.
Cl. Ai! Estás morto, querido vigor de Egisto.
Or. Amas o homem? Assim na mesma tumba
jazerás e nem morto não o traias nunca.   895
Cl. Pára, filho, e respeita, criança, este
seio em que muitas vezes já sonolento
sugaste com as gengivas nutriente leite.
Or. Pílades, que fazer? Temo matar a mãe.

Pi. Onde no porvir os vaticínios de Lóxias   900
dados em Delfos e os fiéis juramentos?

ἄπαντας ἐχθροὺς τῶν θεῶν ἡγοῦ πλέον.
Ορ. κρίνω σε νικᾶν, καὶ παραινεῖς μοι καλῶς.
ἕπου, πρὸς αὐτὸν τόνδε σὲ σφάξαι θέλω·
καὶ ζῶντα γάρ νιν κρείσσον᾽ ἡγήσω πατρός. 905
τούτωι θανοῦσα ξυγκάθευδ᾽, ἐπεὶ φιλεῖς
τὸν ἄνδρα τοῦτον, ὃν δὲ χρῆν φιλεῖν στυγεῖς.
Κλ. ἐγώ σ᾽ ἔθρεψα, σὺν δὲ γηράναι θέλω.
Ορ. πατροκτονοῦσα γὰρ ξυνοικήσεις ἐμοί;
Κλ. ἡ Μοῖρα τούτων, ὦ τέκνον, παραιτία. 910
Ορ. καὶ τόνδε τοίνυν Μοῖρ᾽ ἐπόρσυνεν μόρον.
Κλ. οὐδὲν σεβίζηι γενεθλίους ἀράς, τέκνον;
Ορ. τεκοῦσα γάρ μ᾽ ἔρριψας ἐς τὸ δυστυχές.
Κλ. οὔτοι σ᾽ ἀπέρριψ᾽ εἰς δόμους δορυξένους.
Ορ. αἰκῶς ἐπράθην ὢν ἐλευθέρου πατρός. 915
Κλ. ποῦ δῆθ᾽ ὁ τῖμος ὅντιν᾽ ἀντεδεξάμην;
Ορ. αἰσχύνομαί σοι τοῦτ᾽ ὀνειδίσαι σαφῶς.
Κλ. μὴ ἀλλ᾽ εἴφ᾽ ὁμοίως καὶ πατρὸς τοῦ σοῦ μάτας.
Ορ. μὴ ἔλεγχε τὸν πονοῦντ᾽ ἔσω καθημένη.
Κλ. ἄλγος γυναιξὶν ἀνδρὸς εἴργεσθαι, τέκνον· 920
Ορ. τρέφει δέ γ᾽ ἀνδρὸς μόχθος ἡμένας ἔσω.
Κλ. κτενεῖν ἔοικας, ὦ τέκνον, τὴν μητέρα.
Ορ. σύ τοι σεαυτήν, οὐκ ἐγώ, κατακτενεῖς.
Κλ. ὅρα, φύλαξαι μητρὸς ἐγκότους κύνας.
Ορ. τὰς τοῦ πατρὸς δὲ πῶς φύγω παρεὶς τάδε; 925
Κλ. ἔοικα θρηνεῖν ζῶσα πρὸς τύμβον μάτην.
Ορ. πατρὸς γὰρ αἶσα τόνδε σούρίζει μόρον.
Κλ. οἲ ᾽γώ, τεκοῦσα τόνδ᾽ ὄφιν ἐθρεψάμην·
ἦ κάρτα μάντις οὑξ ὀνειράτων φόβος.
Ορ. ἔκανες ὃν οὐ χρῆν, καὶ τὸ μὴ χρεὼν πάθε. 930
Χο. στένω μὲν οὖν καὶ τῶνδε συμφορὰν διπλῆν·
ἐπεὶ δὲ πολλῶν αἱμάτων ἐπήκρισεν
τλήμων Ὀρέστης, τοῦθ᾽ ὅμως αἱρούμεθα,
ὀφθαλμὸν οἴκων μὴ πανώλεθρον πεσεῖν.

134

Tem por hostis a todos mas não aos Deuses.
Or. Julgo-te vencer e aconselhas-me bem.
Segue, quero imolar-te junto a ele:
quando ainda vivo preferiste-o ao pai. 905
Dorme com ele morta, já que amas
a esse e a quem devias amar odeias.
Cl. Eu te criei e contigo quero envelhecer.
Or. Que? Matadora do pai morarás comigo?
Cl. O Destino, filho, disto também é causa. 910
Or. Também esta morte o Destino preparou.
Cl. Não temes as preces maternas, filho?
Or. Não: mãe me remeteste ao infortúnio.
Cl. Não, remeti ao palácio hóspede nosso.
Or. Vilmente fui vendido, filho de pai livre. 915
Cl. Onde está o preço que recebi por isso?
Or. Peja-me exprobrar-te isso com clareza.
Cl. Não, mas diz também a lascívia de teu pai.
Or. Não acuses o lutador sentada em casa.
Cl. Dói às mulheres estar longe do marido 920
Or. Labor viril as nutre sentadas em casa.
Cl. Parece-te, filho, que matarás a mãe?
Or. Tu, não eu, a ti mesma te matarás.
Cl. Cuidado com rancorosas cadelas da mãe.
Or. E as do pai, como as evito, omisso aqui? 925
Cl. Parece que em vão gemo viva junto a tumba.
Or. O destino do pai determina tua morte.
Cl. Ai de mim, esta serpente pari e nutri:
era muito adivinho o pavor dos sonhos.
Or. Mataste quem não devias, sofre o indevido. 930
Co. Lastimo ainda o duplo infortúnio destes
quando atinge o ápice de muitos cruores
o pertinaz Orestes, isto porém preferimos:
que não caia destruído o olho da casa.

135

ἔμολε μὲν Δίκα Πριαμίδαις χρόνωι,   [στρ. α
βαρύδικος ποινά·   936
ἔμολε δ' ἐς δόμον τὸν Ἀγαμέμνονος
διπλοῦς λέων, διπλοῦς Ἄρης·
ἔλασε δ' ἐς τὸ πᾶν
ὁ πυθόχρηστος φυγὰς   940
θεόθεν εὖ φραδαῖσιν ὡρμημένος.

ἐπολολύξατ' ὢ δεσποσύνων δόμων   [μεσωιδ. α
ἀναφυγᾶι κακῶν καὶ κτεάνων τριβᾶς
ὑπὸ δυοῖν μιαστόροιν,
δυσοίμου τύχας.   945

ἔμολε δ' ἆι μέλει κρυπταδίου μάχας   [ἀντ. α
δολιόφρων Ποινά,
ἔθιγε δ' ἐν μάχαι χερὸς ἐτήτυμος
Διὸς κόρα, Δίκαν δέ νιν
προσαγορεύομεν   950
βροτοὶ τυχόντες καλῶς,
ὀλέθριον πνέους' ἐν ἐχθροῖς κότον.

τάνπερ ὁ Λοξίας ὁ Παρνασσίας   [στρ. β
μέγαν ἔχων μυχὸν χθονὸς ἐπωρθία-
ξεν ἀδόλως δόλια   955
βλαπτομέναν· χρονισθεῖσα δ' ἐποίχεται.
κρατείτω δέ πως τὸ θεῖον, τὸ μή μ'
ὑπουργεῖν κακοῖς·
ἄξιον οὐρανοῦχον ἀρχὰν σέβειν.   960
πάρα τὸ φῶς ἰδεῖν, μέλα τ' ἀφηιρέθη   [μεσωιδ. β
ψάλιον οἴκων.

136

TERCEIRO ESTÁSIMO

Co. Veio Justiça aos Priamidas com o tempo,   EST. 1
pesada e justa punição;   936
veio ao palácio de Agamêmnon
dúplice leão, dúplice Ares.
Correu até o termo
o exilado emissário de Delfos   940
impelido por instruções do Deus.

Alarideai! Oh! O senhorial palácio   MES. 1
baniu os males e a perda de haveres
por dois poluidores,
baniu a impérvia sorte.   945

Veio cuidosa de secreta batalha   ANT. 1
a astuciosa Punição,
a verdadeira Jovem de Zeus
na batalha tocou a mão,
Justiça nós mortais a chamamos   950
com acerto, ela respira
rancor ruinoso aos inimigos.

Lóxias senhor do grande   EST. 2
recesso da terra parnásia proclamou-a
sem dolo com dolo ofendida,   955
mas com o tempo ela ataca.
Prevaleça o Divino de modo
a não me prestar a males:
vale a reverência ao poder celeste.   960
Pode-se ver a luz, retirado   MES. 2
o grande freio do palácio.

ἄναγε μὰν δόμος· πολὺν ἄγαν χρόνον
χαμαιπετὴς ἔκεισο δή·

τάχα δὲ παντελὴς χρόνος ἀμείψεται   [ἀντ. β
πρόθυρα δωμάτων, ὅταν ἀφ' ἑστίας   966
μύσος ἅπαν ἐλαθῆι
καθαρμοῖσιν ἀτᾶν ἐλατηρίοις·
τύχαι δ' εὐπρόσωποι †κοίται† τὸ πᾶν
ἰδεῖν πρευμενεῖς   970
μετοίκοις δόμων πεσοῦνται πάλιν.

Ergue-te, mansão! Por demasiado tempo
prostrada no chão assim jazias.

Logo o perfectivo tempo transporá   ANT. 2
o átrio do palácio, quando toda poluência   966
da lareira for repelida
com purificações repulsoras de erronias.
As sortes de belas faces
e em tudo propícias de se ver   970
em novos moradores cairão outra vez.

Ορ. ἴδεσθε χώρας τὴν διπλῆν τυραννίδα
πατροκτόνους τε δωμάτων πορθήτορας·
σεμνοὶ μὲν ἦσαν ἐν θρόνοις τόθ᾽ ἥμενοι,   975
φίλοι δὲ καὶ νῦν, ὡς ἐπεικάσαι πάθη
πάρεστιν, ὅρκος τ᾽ ἐμμένει πιστώμασιν·
ξυνώμοσαν μὲν θάνατον ἀθλίωι πατρὶ
καὶ ξυνθανεῖσθαι· καὶ τάδ᾽ εὐόρκως ἔχει.
ἴδεσθε δ᾽ αὖτέ, τῶνδ᾽ ἐπήκοοι κακῶν,   980
τὸ μηχάνημα, δεσμὸν ἀθλίωι πατρί,
πέδας τε χειροῖν καὶ ποδοῖν ξυνωρίδος.
ἐκτείνατ᾽ αὐτὸ καὶ κύκλωι παρασταδὸν
στέγαστρον ἀνδρὸς δείξαθ᾽, ὡς ἴδηι πατήρ,
οὐχ οὑμός, ἀλλ᾽ ὁ πάντ᾽ ἐποπτεύων τάδε   985
Ἥλιος, ἄναγνα μητρὸς ἔργα τῆς ἐμῆς,
ὡς ἂν παρῆι μοι μάρτυς ἐν δίκηι ποτὲ
ὡς τόνδ᾽ ἐγὼ μετῆλθον ἐνδίκως φόνον
τὸν μητρός· Αἰγίσθου γὰρ οὐ γέγω μόρον·
ἔχει γὰρ αἰσχυντῆρος, ὡς νόμος, δίκην.   990
ἥτις δ᾽ ἐπ᾽ ἀνδρὶ τοῦτ᾽ ἐμήσατο στύγος
ἐξ οὗ τέκνων ἤνεγκ᾽ ὑπὸ ζώνην βάρος,
φίλον τέως νῦν δ᾽ ἐχθρόν, ὡς φαίνει, κακόν,
τί σοι δοκεῖ; μύραινά γ᾽ εἴτ᾽ ἔχιδν᾽ ἔφυ,
σήπειν θιγοῦσ᾽ ἂν ἄλλον οὐ δεδηγμένον   995
τόλμης ἕκατι κἀδίκου φρονήματος;
τί νιν προσείπω, κἂν τύχω μάλ᾽ εὐστομῶν;
ἄγρευμα θηρός, ἢ νεκροῦ ποδένδυτον
δροίτης κατασκήνωμα; δίκτυον μὲν οὖν
ἄρκυν τ᾽ ἂν εἴποις καὶ ποδιστῆρας πέπλους.   1000
τοιοῦτον ἂν κτήσαιτο φιλήτης ἀνὴρ
ξένων ἀπαιόλημα κἀργυροστερῆ
βίον νομίζων, τῶιδέ τ᾽ ἂν δολώματι

ÚLTIMO EPISÓDIO

Or. Contemplai a dupla tirania desta terra,
matadores do pai, devastadores do palácio:
eram venerandos sentados no trono   975
e amigos até hoje como se podem comparar
as sortes, o juramento se mantém no pacto:
conjuraram a morte do mísero pai
e morrerem juntos, e bem jurado está.
Contemplai, vós ouvintes destes males,   980
a armadilha, cadeia do mísero pai,
peias das mãos e dos pés jungidos.
Estendei e em círculo perto mostrai
a cobertura do homem, que a veja o pai
não o meu, mas o Sol que vê todas   985
estas ímpias proezas de minha mãe
para no tribunal ser minha testemunha
de que por justiça cometi este massacre
da mãe. Não menciono a morte de Egisto,
punido por adultério como diz a lei.   990
Quem tramou esse horror contra o marido
de quem teve sob o cinto o peso dos filhos
querido então, mas agora evidente inimigo,
que te parece? Moréia ou víbora, se fosse,
faria podre com o toque até sem morder,   995
pela audácia e pela injusta arrogância?
Que nome lhe dar ainda que abrande a boca?
Malha de caçar fera ou túnica talar
de cadáver na banheira? Rede sim
e malha se diria e ainda túnica talar.   1000
Isto um ladrão de hóspede armaria,
afeito à astúcia e à vida rapinante,
e com este dolo massacrando muitos

πολλοὺς ἀναιρῶν πολλὰ θερμαίνοι φρένα.
τοιάδ᾽ ἐμοὶ ξύνοικος ἐν δόμοισι μὴ   1005
γένοιτ᾽· ὀλοίμην πρόσθεν ἐκ θεῶν ἄπαις.

Χο. αἰαῖ αἰαῖ μελέων ἔργων·
στυγερῶι θανάτωι διεπράχθης.
αἰαῖ αἰαῖ,
μίμνοντι δὲ καὶ πάθος ἀνθεῖ.

Ορ. ἔδρασεν ἢ οὐκ ἔδρασε; μαρτυρεῖ δέ μοι   1010
φᾶρος τόδ᾽ ὡς ἔβαψεν Αἰγίσθου ξίφος·
φόνου δὲ κηκὶς ξὺν χρόνωι ξυμβάλλεται
πολλὰς βαφὰς φθείρουσα τοῦ ποικίλματος.
νῦν αὐτὸν αἰνῶ, νῦν ἀποιμώζω παρών,
πατροκτόνον γ᾽ ὕφασμα προσφωνῶν τόδε·   1015
ἀλγῶ μὲν ἔργα καὶ πάθος γένος τε πᾶν,
ἄζηλα νίκης τῆσδ᾽ ἔχων μιάσματα.
Χο. οὔτις μερόπων ἀσινῆ βίοτον
διὰ πάντ᾽ ⟨ἂν⟩ ἄτιμος ἀμείψαι·
αἰαῖ αἰαῖ,
μόχθος δ᾽ ὁ μὲν αὐτίχ᾽, ὁ δ᾽ ἥξει.   1020
Ορ. ἀλλ᾽ ὡς ἂν εἰδῆτ᾽, οὐ γὰρ οἶδ᾽ ὅπηι τελεῖ,
ὥσπερ ξὺν ἵπποις ἡνιοστροφῶ δρόμου
ἐξωτέρω· φέρουσι γὰρ νικώμενον
φρένες δύσαρκτοι, πρὸς δὲ καρδίαι φόβος
ἄιδειν ἑτοῖμος ἠδ᾽ ὑπορχεῖσθαι κότωι.   1025
ἕως δ᾽ ἔμφρων εἰμί, κηρύσσω φίλοις
κτανεῖν τέ φημι μητέρ᾽ οὐκ ἄνευ δίκης,
πατροκτόνον μίασμα καὶ θεῶν στύγος.
καὶ φίλτρα τόλμης τῆσδε πλειστηρίζομαι
τὸν πυθόμαντιν Λοξίαν, χρήσαντ᾽ ἐμοὶ   1030
πράξαντα μὲν ταῦτ᾽ ἐκτὸς αἰτίας κακῆς
εἶναι, παρέντι δ᾽ οὐκ ἐρῶ τὴν ζημίαν.
τόξωι γὰρ οὔτις πημάτων ἐφέξεται.
καὶ νῦν ὁρᾶτέ μ᾽, ὡς παρεσκευασμένος
ξὺν τῶιδε θαλλῶι καὶ στέφει προσίξομαι   1035
μεσόμφαλόν θ᾽ ἵδρυμα, Λοξίου πέδον,

muitas vezes esquenta o seu coração.
Que eu não tenha tal mulher em casa,   1005
dêem-me os Deuses antes morrer sem filhos.

Co. *Aiaî aiaî*, míseros feitos!
Sucumbiste a odiosa morte.
Aiaî aiaî,
para quem fica, dor ainda floresce.
Or. Fez ou não fez? Tenho por testemunha   1010
este manto: punhal de Egisto o tingiu.
Nódoa de sangue contribui com o tempo
deturpando muitas tinturas do tecido.
Agora o louvo, agora lamento, presente,
falando a esta veste mortuária do pai.   1015
Afligem-se feitos e dor e família toda
com indesejável poluência desta vitória.
Co. Nenhum mortal passaria imune
pela vida incólume toda.
Aiaî aiaî,
eis a fadiga e outra virá.   1020
Or. Mas saibais, pois não sei onde terminará:
como se eu tivesse os cavalos fora da pista,
indômitos pendores me arrebatam
vencido, e diante do coração o Pavor
prestes a cantar e dançar com Ira.   1025
Ainda lúcido, anuncio aos amigos
e digo: matei a mãe não sem justiça,
patricida poluência, horror dos Deuses.
Encareço como estímulo desta audácia
o pítio Lóxias, ao dar-me o oráculo   1030
de assim agir isento de maligna culpa,
mas não direi o castigo se me omitisse:
com arco algum as dores serão atingidas.
Vede-me agora, partirei adornado
com este coroado ramo ao templo   1035
no umbigo do meio, terra de Lóxias,

πυρός τε φέγγος ἄφθιτον κεκλημένον,
φεύγων τόδ' αἷμα κοινόν· οὐδ' ἐφ' ἑστίαν
ἄλλην τραπέσθαι Λοξίας ἐφίετο.
τάδ' ἐν χρόνωι μοι πάντας Ἀργείους λέγω   1040
†καὶ μαρτυρεῖν μοι Μενέλεως ἐπορσύνθη κακά,†
ἐγὼ δ' ἀλήτης τῆσδε γῆς ἀπόξενος,
ζῶν καὶ τεθνηκὼς τάσδε κληδόνας λιπὼν
(   )

Χο. ἀλλ' εὖ γ' ἔπραξας, μηδ' ἐπιζευχθῆις στόμα
φήμηι πονηρᾶι μηδ' ἐπιγλωσσῶ κακά·   1045
ἠλευθέρωσας πᾶσαν Ἀργείων πόλιν
δυοῖν δρακόντοιν εὐπετῶς τεμὼν κάρα.
Ορ. ἆ ἆ
δμοιαὶ γυναῖκες αἵδε Γοργόνων δίκην
φαιοχίτωνες καὶ πεπλεκτανημέναι
πυκνοῖς δράκουσιν· οὐκέτ' ἂν μείναιμ' ἐγώ   1050
Χο. τίνες σε δόξαι, φίλτατ' ἀνθρώπων πατρί,
στροβοῦσιν; ἴσχε, μὴ φοβοῦ, νικῶν πολύ.
Ορ. οὐκ εἰσὶ δόξαι τῶνδε πημάτων ἐμοί,
σαφῶς γὰρ αἵδε μητρὸς ἔγκοτοι κύνες.
Χο. ποταίνιον γὰρ αἷμά σοι χεροῖν ἔτι·   1055
ἐκ τῶνδέ τοι ταραγμὸς ἐς φρένας πίτνει.
Ορ. ἄναξ Ἄπολλον, αἵδε πληθύουσι δή,
κἀξ ὀμμάτων στάζουσιν αἷμα δυσφιλές.
Χο. εἷς σοι καθαρμός· Λοξίας δὲ προσθιγὼν
ἐλεύθερόν σε τῶνδε πημάτων κτίσει.   1060
Ορ. ὑμεῖς μὲν οὐχ ὁρᾶτε τάσδ', ἐγὼ δ' ὁρῶ.
ἐλαύνομαι δὲ κοὐκέτ' ἂν μείναιμ' ἐγώ.
Χο. ἀλλ' εὐτυχοίης, καὶ σ' ἐποπτεύων πρόφρων
θεὸς φυλάσσοι καιρίοισι συμφοραῖς.

ὅδε τοι μελάθροις τοῖς βασιλείοις   1065
τρίτος αὖ χειμὼν
πνεύσας γονίας ἐτελέσθη·
παιδοβόροι μὲν πρῶτον ὑπῆρξαν
μόχθοι τάλανες,

luminoso fogo chamado imperecível,
a fugir deste sangue comum. Não permitiu
Lóxias voltar-me a nenhum outro lar.
Digo a todos os argivos que no tempo   1040
guardem de cor a irrupção destes males
e testemunhem-me quando vier Menelau.
Eis-me erradio, banido desta terra
em vida e morto deixando esta fama.

Co. Mas venceste, não subjugues a boca
à palavra perversa, nem profiras pragas,   1045
libertaste toda a cidade de Argos
bem decapitando as duas serpentes.

Or. *Â! Â!*
Estas mulheres horrendas como Górgones,
vestidas de negro, com as tranças
de crebras serpentes, eu não ficaria   1050

Co. Que visões te perturbam, filho do pai?
Calma! Não temas, grande vencedor.

Or. Não são visões destas minhas dores,
eis claro cadelas raivosas da mãe.

Co. Novo é o sangue ainda em tuas mãos,   1055
disso provém o turvo ao teu espírito.

Or. Soberano Apolo, elas são muitas
e dos olhos gotejam sangue hediondo.

Co. Só tens uma purificação. Lóxias
ao tocar te fará livre desses males.   1060

Or. Ei-las, vós não as vedes, eu vejo,
perseguem-me e não mais ficaria.

Co. Boa sorte! Deus propício vele por ti
e nas conjunturas oportunas te guarde.

Eis sobre o palácio real   1065
a terceira tempestade
súbita se fez com os sopros.
Primeiro foi a mísera
devoração de criança.

δεύτερον ἀνδρὸς βασίλεια πάθη, 1070
γουτροδάικτος δ' ὤλετ' Ἀχαιῶν
πολέμαρχος ἀνήρ,
νῦν δ' αὖ τρίτος ἦλθέ ποθεν σωτήρ,
ἢ μόρον εἴπω;
ποῖ δῆτα κρανεῖ, ποῖ καταλήξει 1075
μετακοιμισθὲν μένος ἄτης;

Depois a morte do marido,   1070
trucidado no banho pereceu
o rei guerreiro dos aqueus.
Agora veio terceiro salvador
ou devo dizer: trespasse?
Onde concluirá? Onde repousará   1075
adormecida a cólera de Erronia?

APÊNDICE:

PRÓLOGO*

Or.	Hermes ctônio, vigia dos pátrios poderes,	(fr. 1)
	sê meu salvador e aliado, eu te peço,	
	chego a esta terra e assim retorno.	

....

3a	querendo honrosa vindicta de meu pai	(fr. 2)

....

b	(...) sob violência de mão feminina	(fr. 3)
c	por despercebidos dolos (...) pereceu	

....

	Neste proeminente túmulo clamo ao pai	(fr. 4)
5	ouve, escuta (...)	

....

	Ofereci trança a Ínaco pelo alimento,	(fr. 5)
	e esta segunda, por lutuoso lamento	

....

7a	(...) no chão rochoso.	(fr. 6)

....

	Nem presente pranteei tua morte, ó pai,
	nem estendi a mão no séquito fúnebre

....

10	O que vejo? Que grupo de mulheres
	aqui marcha com mantos negriemais,
	distinto? A que conjuntura comparo?
	Que novo pesar penetra o palácio?
	Ou acerto se as comparo a portadoras

---

* Segundo o texto estabelecido por Martin L. West: Aeschyli, *Choephoroe*, Stuttgart: Teubner, 1991.

15 de libações a meu pai, delícias a mortos?
Não é outra! Parece que minha irmã
Electra marcha com pranteado luto
distinta. Ó Zeus, dá-me punir a morte
do pai, sê aliado anuente comigo!
20 Ó Pílades, afastemo-nos para sabermos
claro que procissão de mulheres é esta.

REFERÊNCIAS BIBLIOGRÁFICAS

Edições Consultadas

AESCHYLI. *Choephoroe* edidit Martin L. West. Stuttgart: Teubner, 1991.

AESCHYLI. *Septem quae supersunt tragoedias* edidit Denys Page. Oxford: Oxford University Press, 1972.

AESCHYLI. *Tragoediae cum incerti poetae Prometheo* edidit Martin L. West. Stuttgart: Teubner, 1990.

AESCHYLUS. *Choephori* with an introduction and commentary by A. F. Garvie (ed.). Oxford: Oxford University Press (Clarendon Press), 1986.

ESCHYLE. *Agamemnon. Les Choéphores. Les Euménides.* Textes établi et traduit par Paul Mazon. Paris: Les Belles Lettres, 1952.

Autores Consultados

ADKINS, A. W. H. *Merit and responsability. A study in Greeks values.* Oxford: Clarendon, 1960 (Sobre Ésquilo, ver especialmente pp. 117-130, 151, 173-85).

BOOTH, N. B. "Aeschylus Choephori 61-5". *Classical Quarterly* n. 51, 1957, 143-5.

_____. "Aeschylus Choephori 926" *The Classical Review* n.8, 1958, 107.

BROWN, A. L. "The Erinyes in the Oresteia: real life, the supernatural and the stage". *Journal of Hellenic Studies,* ciii, 1983, 13-34.

BURIAN, P. "Zeus Soter Tritos and some triads in Aeschylus Oresteia". *American Journal of Philology,* 107, 1986.

BURKERT, Walter. "A note on Aeschylus Choephori 205 ff." *Classical Quarterly* 13, 1963, 177.

CONACHER, D.J. "Interaction between chorus and characters in Oresteia". *American Journal of Philology* (Baltimore) 95, 1974, 323-43.

DEFRADAS, Jean. "L'exégète athénian dans l'Orestie d'Eschyle". *Revue des Études Grecques – R.É.G.* 65, 1952, pp. x-xi (resumo de comunicação).

DINDORFIUS, Guilielmus. *Lexicon aeschyleum.* Lipsiae: Teubner, 1976.

DODDS, Eric R. "Morals and Politics in the Oresteia". Em seu *The Ancient Concept of Progress*. Oxford: Oxford University Press (Clarendon), 1973, pp. 45-63.

_____. "Notes on the Oresteia". *Classical Quarterly* 47, 1953, 11-21 (*Coéforas* 152-6, 322, 571-6).

DUMORTIER, Jean. *Les images dans la poésie d'Eschyle*. Paris: Les Belles Lettres, 1975.

ELSE, Gerald Frank. "Ritual and Drama in Aischylean Tragedy". *Illinois Classical Studies 2 – ICS* 2, 1977, pp. 70-87.

_____. "The origin of tragoidia". *Hermes*, 85, 1957, 17-46.

FARAONE, C. A. "Aeschylus hymnos désmios (Eum. 306) and Attic Judicial Curse Tablets". *Journal of Hellenic Studies – J.H.S.* 105, 1985, pp. 150-4.

FITTON-BROWN, A. D. "The recognition-scene in the Choephori", *Revue des Études Grecques – R.É.G.* 74, 1961, pp. 363-70.

GARVIE, A. F. "The opening of Choephori". *Bulletin of the Institute of Classical Studies of the University of London*, 1970, pp. 79-91.

GNOLI, G. e VERNANT, J.-P. *La mort, les morts dans les sociétés anciennes*. Paris: Maison des Sciences des Hommes, 1977.

GOLDHILL, S. *Aeschylus. The Oresteia*. Cambridge: Cambridge University, 1992.

HARRISON, Jane Ellen. *Prolegomena to the study of greek religion*. Cambridge: Cambridge University Press, 1903. Reprint, Princeton: Princeton University Press, 1991, 720 pp.

HENRY, F. E. "Texte obscur ou mal compris? (Eschyle, Choeph. 390-2)". *Revue de Philologie, de Littérature et d'Histoire Anciennes* (Paris), 48, 1974, pp. 75-80.

ITALIE, G. *Index aeschyleus*. Leiden: Brill, 1955.

KERNODLE, G. R. "Symbolic action in the Greek choral odes?" *The Classical Journal*, 53, 1957, 1-7.

KIDD, I. G. "Aeschylus Choephori 1-2". *The Classical Review* 8 (72), 1958, pp. 103-5.

KITTO, H. D. F. *Form and Meaning in Drama*. Londres: Methuen, 1956.

_____. *A Tragédia Grega*. 2 vols. Trad. port. J. M. Coutinho e Castro. Coimbra: Armênio Amado, 1972.

KNOX, B. *Word and Action. Essays on the Ancient Theater*. Baltimore: Johns Hopkins University, 1979.

LEBECK, A. "The first stasimon of Aeschylus' Choephori. Myth and mirror image." *The Classical Philology* (Chicago) 62, 1967, 128-85.

LESKY, A. "Decision and responsability in the tragedy of Aeschylus". *Journal of Hellenic Studies* 86, 1966, 78-85.

LLOYD-Jones, H. "Some alleged interpolation in Aeschylus' Choephori and Euripides' Electra". *Classical Quarterly* n. 11 (55). 1961, 171-84.

LONGMAN, G. A. "Aeschylus' Choephori 926". *The Classical Review* n. 4, 1954, 86-90.

MAXWELL-STUART, P. G. "The appeareance of Aeschylus' Erinyes". *Greece and Rome* 20, 1973, 81-4.

MAZON, Paul. "Le premier vers des Choéphores". *Revue des Études Grecques – R.É.G.* 32, 1919, 376-83.

MÉAUTIS, G. *Eschyle et la trilogie.* Paris: Grasset, 1936.

_____. "Notes sur les Euménides d'Eschyle" *Revue des Études Anciennes – R.E.A.* 65, 1963, 33-52.

MEIER, Ch. *De la tragédie comme art politique.* Trad. fr. M. Carlier. Paris: Les Belles Lettres, 1991.

MOREAU, A. *Eschyle, la violence et le chaos.* Paris: Les Belles Lettres, 1985.

MOREAU, Alain, e SAUZEAU, Pierre (orgs.). *Les Choéphores d'Eschyle.* Montpellier: Cahiers du Gita, 10, 1997.

MUND-DOPCHIE, M. "A propos des vers 306-8 des Choéphores, une propriété de la díke eschyléene". *L'Antiquité Classique* 42, 1973, 508-15.

MURRAY, G. *Aeschylus, the creator of tragedy.* Oxford: Clarendon, 1940.

RIVIER, A. "Remarques sur le nécessaire et la nécessité chez Eschyle". *Revue des Études Grecques – R.É.G.* 81, 1968, pp. 1-39.

ROBERTS, D. H. *Apollo and his oracle in the Oresteia.* Gottingen: Vandenhoeck-Ruprecht, 1984.

_____. "Blood or fate: a note on Choephori 927". *Classical Quartely* 34, 1984, 255-9.

RONNET, G. "Le sentiment du tragique chez les Grecs". *Revue des Études Grecques – R.É.G.* 76, 1963, 327-36.

ROMILLY, J. *La crainte et l'angoisse dans le théâtre d'Eschyle.* Paris: Les Belles Lettres, 1971.

ROUX, G. "Commentaires à l'Orestie". *Revue des Études Grecques – R.É.G.* 87, 1974, 33-79 (sobre *Coéforas* 164 ss., a cena de reconhecimento, 315-22, o escrúpulo de Orestes, 668-90, a mensagem de Orestes etc.)

SAID, S. *La faute tragique.* Paris: Maspero, 1978.

SCHAERER, R. "La composante dialectique de l'Orestie d'Eschyle". *Revue de métaphysique et de morale* 58, 1953, 47-79.

SEAFORD, Richard. "The attribution of Aeschylus Choephori 691-9". *Classical Quarterly* 39 (ii), 1989, 302-6.

TAPLIN, O. *The stagecraft of Aeschylus. The dramatic use of exits and entrances in greek tragedy.* Oxford: Clarendon, 1977.

TEVES COSTA, M. H. de. "Os nomes próprios nas obras de Ésquilo. Contribuição para um vocabulário português de nomes próprios gregos e latinos". *Euphrosyne* 5, 1972, 25-110.

THOMSON, G. *Aeschylus and Athens.* Londres: Lawrence-Wishart, 1980.

TRABULSI, J. A. D. "O drama de Ésquilo: tragédias das forças divinas?" *Ensaios de Literatura e Filologia*, 4, 1983-84.

TREGENZA, L. A. "The return of Orestes in the Choephori. An Arab review". *Greece and Rome* s. 2, n. 2, 1955, 59-61.

UNTERSTEINER, M. "Le Choephore di Eschilo. Interpretazioni: le commos". *Dioniso* 12, 1949, 171-92 e 250-62.

VERNANT, J.-P., e NAQUET, P. *Mito e tragédia na Grécia antiga.* Trad. port. Anna Lia A. A. Prado *et alii.* São Paulo: Duas Cidades, 1977.

_____. *Mito e tragédia na Grécia antiga II.* Trad. port. Bertha Halpen Gurovitz. São Paulo: Brasiliense, 1991.

VIAN, F. "Le conflit entre Zeus et la Destinée dans Eschyle". *Revue des Études Grecques – R.É.G.* 55, 1942, 190-216.

VICAIRE, P. "Pressentiments, préssages, prophéties dans le théâtre d'Eschyle". *Revue des Études Grecques – R.É.G.* 76, 1963, 338-57.

WINNINGTON-INGRAM, R. P. *Studies in Aeschylus.* Cambridge: Cambridge University, 1983.

BIBLIOTECA PÓLEN

ANTROPOLOGIA DE UM PONTO
DE VISTA PRAGMÁTICO
Immanuel Kant

O CONCEITO DE CRÍTICA DE ARTE
NO ROMANTISMO ALEMÃO
Walter Benjamin

CONTRIBUIÇÃO À HISTÓRIA DA RELIGIÃO
E FILOSOFIA NA ALEMANHA
Heinrich Heine

CONVERSA SOBRE A POESIA
Friedrich Schlegel

DA INTERPRETAÇÃO DA NATUREZA
Denis Diderot

DEFESAS DA POESIA
Sir Philip Sidney & Percy Bysshe Shelley

OS DEUSES NO EXÍLIO
Heinrich [Henri] Heine

DIALETO DOS FRAGMENTOS
Friedrich Schlegel

DUAS INTRODUÇÕES À CRÍTICA DO JUÍZO
Immanuel Kant

A EDUCAÇÃO ESTÉTICA DO HOMEM
Friedrich Schiller

A ARTE DE ESCREVER ENSAIO E OUTROS ENSAIOS
David Hume

A FARMÁCIA DE PLATÃO
Jacques Derrida

FRAGMENTOS PARA A HISTÓRIA DA FILOSOFIA
Arthur Schopenhauer

LAOCOONTE
G.E. Lessing

MEDITAÇÕES
Marco Aurélio

A MORTE DE EMPÉDOCLES
Friedrich Hölderlin

POESIA INGÊNUA E SENTIMENTAL
Friedrich Schiller

PÓLEN
Novalis

PREFÁCIO A SHAKESPEARE
Samuel Johnson

SOBRE KANT
Gérard Lebrun

SOBRE O HOMEM E SUAS RELAÇÕES
Franz Hemsterhuis

TEOGONIA
Hesíodo

OS TRABALHOS E OS DIAS
Hesíodo

CADASTRO
ILUMINURAS

Para receber informações
sobre nossos lançamentos e
promoções envie e-mail para:

cadastro@iluminuras.com.br

A *Iluminuras* dedica suas publicações à memória
de sua sócia Beatriz Costa [1957-2020] e a de seu
pai Alcides Jorge Costa [1925-2016].